第一次遇见，
我就情不自禁走向你。

有爱的青春陪伴者

图书在版编目（CIP）数据

遇他时春风和煦 / 韦恩著. -- 西安：太白文艺出版社，2020.3

ISBN 978-7-5513-1731-3

Ⅰ.①遇… Ⅱ.①韦… Ⅲ.①长篇小说－中国－当代Ⅳ.①I247.5

中国版本图书馆CIP数据核字(2019)第249304号

遇他时春风和煦
YU TA SHI CHUNFENG HEXU

作　　者	韦　恩
责任编辑	谢　天　王　琦
封面设计	蔡　璨
版式设计	西　楼
出版发行	陕西新华出版传媒集团 太白文艺出版社
经　　销	新华书店
印　　刷	湖南凌宇纸品有限公司
开　　本	880mm×1230mm　1/32
字　　数	190千字
印　　张	9
版　　次	2020年3月第1版
印　　次	2020年3月第1次印刷
书　　号	ISBN 978-7-5513-1731-3
定　　价	38.00元

版权所有　翻印必究

如有印装质量问题，可寄出版社印制部调换

联系电话：029-81206800

出版社地址：西安市曲江新区登高路1388号（邮编：710061）

营销中心电话：029-87277748　029-87217872

CONTENTS
目 录

Chapter 01　窘迫的初遇 /001

Chapter 02　白捡一个大表妹 /027

Chapter 03　有一点点心动 /055

Chapter 04　我是这样的人吗？/079

Chapter 05　卷入他的纷争 /103

Chapter 06　心突然怦怦跳 /127

Chapter 07　为他奋力一战 /150

CONTENTS
目 录

Chapter 08　踏雪而来的英雄 /172

Chapter 09　是喜欢还是不喜欢？ /195

Chapter 10　撒娇致命不分男女 /217

Chapter 11　我想我们能在一起 /241

Chapter 12　择世界一角安稳生活 /262

Extra episode　你要轻轻抱我 /274

深冬，巷口。

高长月裹着厚厚的棉服，偷偷从一棵白桦树后探出头来。

"小呆，"她压低声音朝不远处的馄饨摊招手，"快走！"

正蹲在摊子后面洗着碗的姑娘闻声抬头，眼睛一亮："长月！"

小呆站起来揞着身前的围裙，顺便再把手上的水渍擦干。一旁佝偻着身子忙碌在推车前的奶奶让她眼里的光暗淡了几分，正在解围裙的手停顿了几秒，之后还是麻利地脱下围裙。

"奶奶，我出去一下。"

快速跑出去的身影吸引了小摊上寥寥几位食客，等众人收回视线，摊前的老人才缓缓从推车的储物柜后抬起头来。

小呆此时刚好跑到那棵白桦树下。大概是两人的动作惊到了树上栖息的小鸟，它扑棱着翅膀飞起来，打落了树枝上残留的少许冬雪。落下的冬雪不偏不倚砸在了小呆的后脑勺上，她急忙把脖子缩进厚衣领里。高长月从树后跳出来帮她拍去衣服上的雪，这一幕刚好被抬起头的奶奶看到。

老人脸上的褶子舒展开,眯着眼睛笑起来,用温和的声音叮嘱道:"这孩子,别急着跑,慢慢走。"

高长月有些不好意思地朝老人挥挥手:"奶奶,小呆我先'借'走啦,我们晚点再来找您!"

刚说完话,她就拉着小呆跑远了,两个身影快速消失在马路尽头。

小摊上的老人收回视线,嘴里嘟囔着:"年轻就要多出去走走,见见世面啊,总能比我这老婆子强……"

似乎是老人的声音过于苍老和低沉,围在小桌边吃馄饨的人们并没有搭话,只当是老人自言自语。

滨城是一个沿河而建的城市,东面靠山,西面临河。城市在长年累月的发展下,顺应了古人的一句话:靠山吃山穷,傍水流财富。滨城被一分为二,东面是石板小巷和低矮民房,西面是柏油大路和高楼住宅。

高长月六岁时和母亲搬到滨城的山脚下,住进小巷尽头的一处民居,这条小巷有个很美的名字,叫"清风巷"。巷子口那一块小空地是史奶奶摆馄饨摊的常驻地点,高长月在那里认识了史奶奶的孙女小呆。于高长月来说,从认识的那天开始,小呆就是她除母亲之外唯一想守护的人。

在滨城的最西边有条河,名叫丽水河,河面宽而广,河水深且常年无风浪。

夏天时,河面像大块碧蓝的绸布,太阳照射下会泛起粼粼波光,微风一过,荡起层层涟漪。可未到冬天,九月不过,河面就开始结冰,等第一场雪落下,丽水河就会变成一块坚硬的天然室外冰场。

因为独特的气候和地理条件,整个滨城冰上运动的发展算是国内比较好的。这里的人从小就对冰雪充满了热爱,除了国际上的赛事,市里和民间每年冬天都会有大大小小的冰上运动比赛。

今天这场难得一见的室外冰球赛,小呆随口提过两次,漫不经心的语气里夹杂着几丝不那么明显的期待。

不过高长月今天去丽水河边不是去看冰球赛,而是学校组织的声乐会演也在这一天,她作为钢琴伴奏的演奏者出席。比赛场地就在丽水河附近的滨城大会馆,她想趁着校车空位多,可以浑水摸鱼把小呆带到西岸。

两人并肩走在路上,高长月边走边脱身上的外套,黑色的宽大棉服从身上脱下来后,里面还有一件一模一样的。

小呆瞪着大眼,讶异道:"你穿了两件呀?"

难怪刚才第一眼看到她,总觉得要比平时胖上一圈。

高长月把脱下的那件递给小呆,扬着语调回道:"那是,衣服这么厚,抱着太引人注目了。天冷,你快套上,一会儿上车的时候别出声就行。"

因为过于渴望得到,所以人容易冲动,可冲动过后的冷静,就

会让人退缩。

　　小呆现在就处于冲动后的冷静阶段,她接过外套后踌躇着停下脚步,一脸担忧:"长月,要不我……还是别去了,奶奶一个人看摊子,我不放心。"

　　高长月站定,脸上挂着一副神气样,说:"今天周五,来吃馄饨的人不多,况且我早就让隔壁小兰姐姐帮你照看奶奶了,别担心!"

　　"那……"小呆还是犹豫,"那我坐你们的校车去,会不会……"

　　"哎呀,不会的。"高长月索性拉上小呆快步走向校车,"今天校车的督察员跟我是同一个寝室的,我和她打过招呼,不会为难咱俩的,你就放心吧。"

　　小呆皱着眉头想了想,好像也没什么该担心的问题了,于是她跟上长月,边走边把外套穿上,夹在衣服胸口的那枚圆形校徽在冬日的阳光下异常耀眼。

　　滨城这个地方不算大,可东山和西岸,像是一条绳的两端,她们是从起点到终点,没有捷径,从半山坡上弯弯绕绕半小时,才算进入西城范围,而从西城边去西岸口,还有半小时车程。

　　车窗外的风景从低矮民房变成高楼大厦,道路也越来越平坦宽阔。冬天的太阳总要比其他季节温暖很多,阳光从街道两旁的白桦树缝隙间倾洒下来,照进车窗,斑斑点点落在小呆身上。

　　真好。

这里道路两旁的白桦树是整整齐齐的,不像东城,东一棵西一棵,还长得不好,高矮不一。

小呆想着想着,思绪就慢慢跑远了,等回过神来,车子已经驶到西岸最宽阔的那条大道上。她顺着车窗吹进来的冷风深深吸了一口气,转头看看身边睡得迷糊的高长月,轻轻拍醒她:"快到了,起来我帮你顺一下头发,睡乱了。"

高长月迷迷糊糊地睁开眼,条件反射般挺直腰杆,把后背对着小呆后,又闭上了眼。

小呆从包里掏出梳子,顺着眼前瀑布般乌黑浓密的长发,一缕一缕梳得又直又顺。

抵达西岸口的站点,高长月边收拾书包边交代:"你先在这附近走走,等我结束就出来找你,我们再一起去岸边看冰球比赛。"

小呆点点头:"嗯,你好好比赛啊,不着急。"

"放心,我保证超水平发挥。"

说完,高长月一手拎着书包,一手把小呆护在身后,两人随着一众同学开始有序地下车。

路对面就是西岸的丽水河堤,河堤下是一处宽阔的冰场,平时正常开放的场地,今天周围拉起警戒线,设了栅栏,要检票才能入内。

等两人下了校车,高长月把书包塞给小呆:"你帮我背着包,票在里面,如果比赛开始我还没出来,你就自己先进去看,别傻等我,知道吗?"

遇他时春风和煦

还不等小呆回应,从另一辆校车上下来的辅导员就开始点名组织同学入场了,高长月慌忙跑过去,挤进相同校服的人堆里。

小呆看着她消失在人堆里,随后裹紧衣服,退到旁边的建筑物后面,尽量不让自己引起辅导员的注意。

与此同时,高出路面一米多的河堤上,从临时搭建的大帐篷里走出三五个人,其中一个身形壮硕的男生远远就看见对面那些俏丽的身影,他扯扯身边的队友说:"快看,听说今天对面会馆也有一场比赛,好像是唱歌还是跳舞来着,漂亮女孩可多了,咱们要不也溜进去看看?"

被扯住的队友瞪他一眼,黑着脸阻止:"你够了啊,姑娘们天天在,咱们的比赛可就这一天。"

"开玩笑,开玩笑。走,去那边拉拉筋,热热身。"

男生单手搂住队友朝远处的场地走过去,等帐篷门前的人都走开后,跟在后面的孟明朗才慢悠悠掀开布门帘走出来,他不经意地也往路对面扫了一眼。

顶着一头乌黑长发的女孩从他视线里一闪而过,急匆匆消失在那堆穿相同校服的人群中。

孟明朗揉揉发痒的鼻子,他突然想起来,像这样有一头乌黑长发的女孩,他以前也见过一个。

会馆这次会演的规模不大,是由滨城几所艺术院校的老师们发起的,所以连高长月这样刚升入大二的学生也有机会来参加。老师们的目的是让学生相互多交流,所以赛后还有一场小型的宴会。

高长月并没有去参加,表演一结束,她就偷偷溜了出来。

在会馆门外扫了一圈,没有发现小呆的身影,于是打了个电话,听筒里机械的女声却提示着对方已关机。

她皱起眉头,站在马路旁遥遥看一眼对面的河堤,赛场周围站满了人,加油助阵的声音震天响,看来是比赛开始了。

想着小呆大概是等不到自己,先进了场。

原本以为就算自己赶不上在赛前进场,也能联系小呆让她出来送票,可现在小呆手机关机,两人失联了。

"直接打门,球进了!一次非常漂亮的打门!进球来自八十三号孟明朗,这是两个月前刚刚被选入国家队的选手,双龙队凭借新晋队员的个人能力就赢得本场比赛的第一个进球,这是不是能说明他们还没有发挥真正的实力呢?咱们一起来期待第二局比赛,看双龙队能否将第一场赢得的优势保持到最后……"

场内的解说员对赛事解说得非常详细,高长月却无心关注,她顺着河堤外围找了一圈,依旧不见小呆的踪影。

时间一分一秒过去,赛场的出口众多,如果不在比赛结束前找到小呆,等比赛结束,再想找就更难了。

伴着场内解说略显高昂的语调,高长月在赛场外呆站了大约

遇他时春风和煦

两分钟，期间她偷偷瞄了两眼检票口，一共三个通道，都有手持警棍的人把守。

场外的大屏幕上滚动着赛事进程，等再抬头看时，比赛只剩两场就要结束了，她仰着头边看边跺脚。

真是生气，偏偏这时候没脑子，为什么不一人拿一张票呢？

高长月又着急地沿路走了一圈，最后在一个场内临时搭建的红帐篷旁边发现了一道半人高的小栅栏。

四处无人。

来不及想太多了，巧在她会演下场后就换下裙子，穿了一身休闲服，套在外面的厚重棉服并不影响发挥，她抬脚就跨过了栅栏。

俗话说做贼心虚，她刚跨过去站稳，就从不远处走过来一队巡逻的警员。要是心理素质好，她完全可以若无其事地假装持票入场的游客，可偏偏她是逃票翻进来的。

慌乱之下，她转身掀开旁边红帐篷的门帘，一头钻了进去。

多年后高长月再想起这场景，依旧会臊红了脸，因为她莽撞闯进帐篷后，看到的是一群裸着上身，散发着浓烈雄性荷尔蒙气息的男人！

帐篷里暖气很足，空气也由上一秒的喧闹转入下一秒的诡异安静。

高长月呼出的气变成一条长长的白色水雾，随着众人齐刷刷扫过来的目光，她脑子里轰一声响，整个人愣住了。

彻底安静几秒后,才有人反应过来并低呼一声,然后连忙找衣服蔽体。

"对……对不起!"高长月也跟着反应过来,伸手遮住自己的双眼。

孟明朗离她最近,他认出她来了,是比赛前从自己视线里一闪而过的那个长头发姑娘。

这就有趣了。

他没有像其他队员一样慌忙找衣服穿上,而是不紧不慢地用毛巾擦着头发,然后说了句:"知道对不起,还不赶紧出去?"

语气听起来并不像是责备,在此时的高长月听来,倒像是取笑。她的脸更红了,想到此时那一队警员应该刚好走到这个位置,她支支吾吾地说:"打扰大家了,我再……再待一会儿就走。"

她就这么厚着脸皮杵在原地,双手蒙着眼,刚好也能遮住通红的双颊。

而帐篷里这群人,全都刚刚打完比赛,在室外的冰场打比赛,条件相对艰苦,队员们下场后只能用盆接点儿热水来擦擦身体上的汗,孟明朗还将就着洗了个头。

他甩甩头发上的水渍,因为离得太近,甩了几滴在高长月捂脸的手上,冰冰凉凉。

比赛前说要去对面看会演的人叫齐雷,是队里的守门员,他

遇他时春风和煦

此时刚好慌乱地穿上衣服,走上前来开起玩笑:"我说小姑娘,这一帐篷的兄弟都已经让你看了个遍,你要是想留在这儿,多久都行啊。"

高长月原本就被这场面惊住了,现在一听这话,脸更是红到了耳根,喉咙也像卡了东西般,发不出声来。

眼看齐雷人就要走到跟前来了,孟明朗拿起衣服两手撑开套上,随后伸手扶住高长月的肩膀,把人一转,背对着大家。

这个动作也同时避开了上前来的齐雷。

"是不是咱们队里哪个小伙子惹得人家姑娘春心荡漾,冲进来就舍不得走了?"孟明朗这话是对着齐雷说的。

"哪能啊,就算有,八成也是冲你来的,哈哈哈……"

齐雷一笑,其余的队员也跟着笑起来,大家此时已经把该穿的都穿上了,窘迫的只有被孟明朗强行转过身去的高长月。

帐篷里哄笑声一片。

唉,真的好丢脸。

想着那队警员也该走远了,高长月掀开门帘拔腿就跑了出去。

远远躲开那顶红帐篷后,高长月双手捂着发烫的脸颊,定下心后,继续在人群里寻找小呆。

比赛此时还没结束,人都集中在河堤的观赛亭子里,前前后后一共二十多个小亭子,高长月一个一个都找过了,唯独不见小呆的影子。她有些慌神,小呆平时很少出门,西岸更是少来——小呆能跑去哪里？

肯定就在这附近。

顺着观赛亭找完一圈后，冰球比赛也结束了，多数人都在往颁奖台的方向走，不想看颁奖的人干脆就直接往出口走，一时间赛场内乱糟糟一片。

广播里解说员解说完赛事，此时正在播报剩下的颁奖流程。

高长月在原地冷静几秒后，突然想起什么，于是顺着人流往颁奖台的方向走。

广播！广播！她可以请工作人员帮她从广播里找人。怎么就没早点想到这个办法！

她走得很急，和迎面过来的人撞了一下，还没等她站稳，就听到身后一阵喧闹。

有人大喊："落水了！有人落水了！"

高长月一听，心里咯噔一响，没多想就掉转方向，开始往回走，脚下越走越快。她拦住一个从那边过来的人问："不好意思，请问那边是出了什么事？"

"哎哟！"被拦住的大姐皱着眉，着急道，"一个小姑娘，脚滑掉进河里了！"

高长月疑惑："这河面不都结冰了吗，人怎么可能掉下去？"

那大姐看样子是个急脾气，语气急促地回道："谁知道啊，大冷天的，偏偏就有些手闲的人在河边上凿开个洞，那小姑娘八成没注意，就掉下去了。"

遇他时春风和煦

"多……多大年纪的？"

"十八九岁的样子，也不知道这小姑娘的家人在不在这儿……"

"小呆！"

高长月呼吸一紧，大脑一片空白，不知道为什么就想起小呆，来不及等大姐说完话，她就往那边跑。

小呆是高长月最好的朋友。

刚搬来清风巷那年，母亲高满带着她住进巷子尽头的低矮民房里，孤儿寡母，不受四邻待见，这种情况在母亲开起一间茶室之后更甚了。

萧条的经济环境下，挣钱变得十分艰难，高满时常需要对着茶客们卖笑脸，偶尔遇到个别难缠的，也会嗲声嗲气地陪喝两盏茶。

有时候漂亮的脸蛋和姣好的身形无形间会让人产生偏见，比如巷子里但凡哪家的男人夜不归宿了，那家的女主人就会指桑骂槐，暗指高满又如何如何勾引了她的丈夫。

久而久之，高满竟然莫名成了方圆几里内众妇女眼中的头号情敌。

高长月心里是知道这些的，可她从不过问母亲的事情，对那些流言蜚语也充耳不闻，日子似乎这样也能过得去。但时间久了，那些饱含深意的眼神和人群里飘出来的窃窃私语依旧会潜移默化地影响到她。

认识小呆是因为彼此间的感同身受。

高长月太熟悉那种眼神和肢体动作了，她们是一类人，细心、敏感，也极度缺乏安全感，都是在没有树荫庇护下长大的孩子。只不过有的人藏得深，比如高长月；而有的人藏不住，比如小呆。

小呆的奶奶在巷口摆摊已经二十多年了，在认识小呆之前，高长月每天都会经过那处摊子，偶尔也会要一碗馄饨，就站在路边，吃完后赶着去学校。

那个时不时蹲在馄饨摊后面埋头洗碗的身影，从来没有引起过高长月的注意，直到有次和她一道回家的同学眼尖，认出小呆来，拉着她小声说："那不是我们学校的年级第一嘛！"

那一年，她们都念初三。

窃窃私语是种很可怕的现象，当你认为你已经用了极度小且不被所议论之人听到的声调说话时，那人其实是有感觉的。就算她听不清说的是什么，可心里就是知道自己在被议论，甚至还会把你所说的内容往更糟糕的方面想。

当时高长月顺着同学手指的方向看过去，正好对上小呆从厚重刘海下抬起来的视线，对视不过一秒，蹲着的人立马低下头，重新把视线藏在厚厚的刘海下，两只纤细的手臂环抱着小腿，手里洗碗的动作变得越发麻利。

这种场景高长月太熟悉了，还有那句"那不是……"开头的议论。

"那不是高满家的女儿嘛"，这句话她听过太多。

遇他时春风和煦

  是高长月先去接近小呆的，怀着最真挚的心靠近，然后得到小呆的回应，最终两人建立了坚不可摧且极其真诚的友谊。

  高长月的成绩向来都是班里不上不下的水平，可小呆不一样，初三的下学期，学校换了新校长，每月一次例会，对年级第一的同学提出表扬。小呆的真名就是这样在大庭广众之下被叫出来的，像是埋下的一颗深雷，被人踩踏的时候猛然间炸开。

  校长穿着西装在台上站得笔直，他举着话筒点名表扬："咱们初三二班的史珍香同学，特此表扬……"

  台下反应快的同学已经笑成一片，反应稍慢的连忙悄声向旁边发问："什么什么？史什么？"

  "史珍香，屎真香呀，哈哈哈……"

  这个名字已经不止一次出现在年级榜单上，可文字远远没有念出来的话语有影响力，尤其出自校长之口，并且是在全校大会上。台上的人高举着话筒继续着自己的讲话，并听不到台下的窃窃私语，可站在一旁捏着奖状的小呆，却默默低下头，让人看不清她脸上的表情。

  高长月周围有三两个平时就很矫情做作的女同学，在所有人都已经逐渐淡忘之后，依旧在嘲笑这个名字。她最终没忍住，呵斥道："李青、何晓婷、施玉，你们的名字取得这么好，怎么就不见哪位能挤进年级前百的榜单？别人不取笑你们就不错了，你们还敢张着嘴巴说蠢话！"

  被人当众呛了声，不出意料，这三位女同学被气得脸色铁青，有脾气火暴的已经冲上来扬手打人。

  虽说是同班同学,打起架来却毫不手下留情,高长月一人对付三个,吃了亏不说,最后还一起被记了过。

  那是高长月平静的读书生涯里第一次被记过,还是在校会上被当场批评记过。

  小呆事后哭了,红着眼睛不知是生气还是感动。可高长月开心,脸上被挠的痕迹之前还火辣辣作痛,看到小呆的模样之后,只觉得好笑,脸上也不疼了。

  她从来不是会出头惹事的人,可小呆是她唯一想保护的朋友啊。

  所以,你千万……不能有事。

  春天温暖的时候,滨城的丽水河畔会有来自西伯利亚的海鸥,它们跨越山海,飞行将近六千公里才来到这里。

  等到冬天的时候,它们就会寻找下一个温暖的栖息地,但每年都会有少数的海鸥掉队,去不了温暖的地方,只能忍受着滨城的寒冬。

  可它们大多都是熬不过去的,室外极低的温度下,三三两两的海鸥收着翅膀躲在河堤的护栏下,它们挨不过这个冬天,却依旧奋力啄食着地上残留的食物。

  等高长月跑到那位大姐口中所说的落水地点时,周围已经被

遇他时春风和煦

人墙围了起来，她听见围在里面的人喊着："快快快，把人放平，放平！"

"麻烦让一下……"高长月着急，往里面挤的同时，一句接一句地说，"麻烦让一下，让我进去看看，麻烦让一下……"

等好不容易挤进去之后，高长月看到地上躺着的女孩，是她熟悉的一头齐肩短发，尽管还没看到正脸，可她已经不受控制地带了哭腔："小呆！"

高长月慌忙跑过去，脚下不稳狠狠跌了一跤，几乎是摔到平躺的女孩面前。她一把推开挡在自己面前的人，手迅速拨开盖在女孩脸上的头发。

那张脸苍白，眼睛紧紧闭着。

她有些晃神，呆愣几秒后，才木讷地说："不是小呆……"

"你会急救吗？"身边有人问。

高长月一下没反应过来，还不等她回答，身边那人就把她推开了。

推她的那只手很凉，仅仅在推的一瞬间，寒意就从臂膀渗进了她的身体。

高长月看了一眼刚刚推开自己的人，是一个身穿灰色棉T恤的男生，他正低着头，头发还湿淋淋地往下滴水。大冷天里，他和周围羽绒服裹身的围观人群显得格格不入。

看来是他下水救了这个女孩子。

高长月看男生双手在女孩的胸前有一丝犹豫,她这才反应过来,急忙凑上前帮忙:"我会一点儿,我来。"

　　她有一个室友是外院护理系过来借住的,经常在寝室练习各种急救方法,时不时地还要拿她们这些大活人来做演练,久而久之,她也就耳濡目染,多少会一点儿。

　　她脑海里回想着室友平时的动作,首先检查落水女孩口中是否有异物,随后解开对方的衣领,使其背部朝上,再将其拦腰抱起。

　　高长月显然力气不够,那男生迅速蹲下,撑起一条腿来,让落水女孩趴在自己的大腿上。

　　又一阵寒气袭来,靠过来的男生打了个寒战,高长月顿了一下,但目前的情况,她没办法再关心其他。

　　幸运的是,女孩溺水的时间并不长,腹部刚被担在男生抬起的大腿上,口鼻中就倒出水来。

　　高长月连忙蹲在她身边,帮她把头发拨开,避免呼吸不畅,随后又脱下她身上已经湿透的棉外套并扔在一边,迅速把自己身上的棉校服脱下来给她盖上。

　　四周的人都在观望,人群中有许多交头接耳的,这时有人喊:"救护队来了!"

　　大家纷纷让出一条路来,两个穿白大褂的男人抬着担架赶了过来,后面跟着一个看起来年长一些的女护士。

　　溺水的女孩此时又吐了两口水,之后狠狠地咳嗽了几声,恢复了自主呼吸。

赶来的医务人员从两人手里把女孩移到担架上匆忙抬走了。

随着事故人物的转移,围观的人群开始渐渐散去。

高长月只感觉脑子里面乱糟糟的,先是找不到小呆,后又听到有人落水,神经高度紧绷下又发现落水者不是小呆。

心情起起伏伏,简直比坐过山车还刺激。

"你没事吧?"

此时身边有人和她说话,她压根就没听进去,脑子里只想着小呆还没找到,便跟着人群打算离开。

"嘿!"那人拉住她的胳膊,"丢魂儿了?"

拉她的是刚刚和她一起救人的男生,那只手没刚才那么凉了。

高长月回头,愣头愣脑地应一声:"啊?"

男生此时套了一件厚厚的外套,他收回手问:"我说你的脚没事吗?"

"没事……"

她回答完之后,才顺着男生的视线注意到自己膝盖上蹭破了好大一块皮,裤子也被扯开一个破洞。

应该是刚刚那一跤摔的。

他不提醒还好,这一说,高长月才感觉到膝盖火辣辣作痛。

男生解下自己手腕上的丝带,躬身绑在高长月受伤的那只膝盖上。

凉凉的、略微带着点儿湿气的感觉从腿上传来，高长月整个身体都往后缩了缩。

高长月正想着要怎么开口道谢时，男生突然闷着声音说了一句："你这样子，不会是真的被我给迷得神魂颠倒了吧？"

什……什么迷？什么神魂颠倒？

乍一听，这话怎么这么熟悉？男生从她面前直起腰来，竟然觉得这张脸也似曾相识。

"你……你……"高长月惊得说不出话来，脑海里瞬间冒出自己之前闯进一顶红色帐篷后，满屋子赤膀男青年的场景。

刚刚场面混乱，况且她心里担忧小呆，竟然没正眼看过面前这人的长相，直到现在她才猛然间认出他来。

帐篷里那一屋子男生中，距离她最近的那个和其他人不太一样，身形不似别人或强壮或魁梧，年龄看起来也不大，身上的冰球赛服只脱了一半，露着半截颀长的腰身，头发湿淋淋地滴着水。那蓬乌脸的轮廓分明，鼻梁坚挺，眉眼深邃透亮，她在捂上眼睛前，最后的视线便是落在他身上的。

光这么一想，高长月的脸就唰地再次红了起来。

"我是无意闯进去的，我……我找人，然后……"

她断断续续地解释，最后发现此时说什么都稍显无力。不管怎么样，都是自己莽撞在先，况且自己刚刚还猛推了他一把，她只好再道一次歉："对不起，刚刚情况紧急，我不是故意的。"

遇他时春风和煦

　　见她红着脸,孟明朗想笑,但是忍住了。

　　他岔开话题问:"你在找谁?"

　　"找我的朋友,她应该是先进来看比赛,我们走散了。"高长月瞟了一眼膝盖上的丝巾,"今天谢谢你,我还要找人,就先走了。"

　　被这么一耽搁,赛场里的人已经走了大半,除了河堤上有些个闲逛的人,其余的都聚在颁奖台的位置看颁奖。

　　高长月说完就转身往河堤上走。

　　孟明朗跟上来问:"你的朋友,是叫小呆吗?"

　　"你怎么知道?"

　　"刚刚你对着那个落水的女孩叫过这个名字。"

　　高长月撇撇嘴,快速说一句:"我认错人了。"

　　"这里人这么多,找人是不容易的,你们没有通过电话吗?"

　　说起电话,高长月脸上挂着一丝无奈,边走边答:"我打了好几遍她的手机,关机了。我打算去颁奖台那边,请工作人员用广播帮忙找找,她如果没出什么事,就一定还在这附近。"

　　孟明朗跟在她身边,说:"我帮你。"说完他便一路跟着高长月走到颁奖台。

　　借着参赛队员的身份,两人很顺利地进入临时搭建的控制室,说明来意后,里面的工作人员答应等颁奖结束后帮他们广播寻人。

　　为了避免打扰别人工作,两人退到门外,站在门口等待。

　　"你还在上学吧?"孟明朗试探地开口。

高长月心里着急小呆,眼睛盯着那间控制室里忙碌的工作人员,漫不经心地应了一声:"嗯。"

"学护理的?"

"不是,我……"

"明朗!"对话被打断,"你干吗呢?快走,大伙找你半天了!"

两人同时朝声音的方向看过去,叫他的那个人正一脸焦急的神情,连忙往这边招手。

"你先去吧,一会儿找到我朋友之后,我们在红帐篷那里等你,到时候还你丝巾。"高长月主动说。

"好。"

等人都跑远之后,高长月才反应过来,那个帮了自己忙的男生,她竟然连人家叫什么名字都不知道。

室外太冷,高长月双手缩在衣服袖子里,之前把棉外套脱给了落水女孩,她现在身上只穿着保暖内衣加一件不厚的卫衣。她找了一个角落站过去避风,默默等着。

颁奖典礼大概二十分钟之后结束了,有工作人员过来询问她要找的人叫什么名字。

高长月吸吸鼻子,说:"小呆,我朋友她叫小呆。"

"麻烦说一下真名。"

面对工作人员的要求,高长月有些犹豫。

低着头打算把名字写在纸上的工作人员得不到回应,抬起头来

遇他时春风和煦

看着她。

"呃……"想了几秒钟,她还是决定不说那个名字,"我朋友叫高长月,麻烦您了。"

小呆一直说她的名字好听,她总是会很大方地把"拿去用"说出"拿去花"的气势,相信小呆在广播里听到她的名字,就会明白是在找自己。

关于"史珍香"这个名字的来历,小呆只和高长月说过。

当年小呆的妈妈在结婚之前去庙里求福,正好碰上抽签取名的活动,就虔心抽了一个。名字是好名字,可她妈妈万万没想到自己会嫁到一户姓"史"的人家,还生了个女儿。

小呆从小和奶奶一起生活,父亲在她两岁的时候意外去世了。十几年前,那时候是真的穷,她妈妈承受不住整个家庭的重担,于是和香港的一个大老板跑了,做了人家的情人之后就再也没有回来过。

原本以为坚持用庙里求来的名字,就可以让女儿得到庇佑,可最终她们也没能得到上天的眷顾。

小呆说起这些的时候,脸上是挂着笑的。她说父母留给她的只有这一个名字,说完她还笑着补充一句:"对了,还有奶奶。"

少女细长的眉眼,带着那个年纪的青涩,鼻梁间像胡椒一样散乱的少许雀斑给她增添了几分恬静。

高长月那时候听着这些话,喉咙里是酸涩的,可是她看小呆在笑,便不敢掉眼泪,生怕打破这种氛围里的平衡,徒增悲戚。

在工作人员发出寻人广播之后，不到十分钟，小呆就出现在高长月的视线范围内，全身上下，完好无损。

高长月着急，鼻头一酸，带着哭腔问："你去哪儿了？"

没人知道她有多怕，是她把小呆带出来的，要是出了什么事，她怎么面对巷口摆摊的史奶奶？

"我一直在会馆门口等你呀，刚刚听到广播有人叫你的名字，我才找过来的。"小呆明显有些蒙，她走到高长月身边，看到好友裤子上破的洞，膝盖还受伤了。

"你摔跤了吗？怎么回事？"小呆急忙问。

"先别管这个。"高长月把弯着腰站在自己身前的人扶起来，"我在外面找了好久也没找到你，你要是在会馆门口，我为什么没看见你？"

小呆心里一惊，不会这么巧吧。

"我……我在门口等的时候，有位老奶奶过马路，我去扶了一下。后来她说要去乘公交车，找不到站台，想着你不会这么早出来，我就送她过去了，之后我回来就一直待在会馆门口没离开过啊。"

看样子她们刚好是在那段时间错过了。

"那手机呢，为什么关机？"

"没电了……"

"你！"高长月气得眼眶都红了，"这么久没见我出来，比赛都结束了你还傻等在那儿，你就不知道找路人借部手机给我打电

话吗?"

小呆现在大概才反应过来怎么回事,连连道歉:"长月,对不起,我……我看你同学一个都没出来,想着你还没结束,就一直等着,对不起……"

她那些同学估计现在都还在会馆里吃喝玩乐呢。

高长月一时语塞,谁能想到她找的人就在她偷跑进冰球赛场后,又出现在会馆门口,还在原地傻傻等了她这么久呢。

"我不是告诉过你,比赛开始前我没出来,你就自己先进场吗?"

"我想跟你一起看比赛……"

"……"

高长月真是又气又笑,因为两人这场乌龙,最终还是没看成这场比赛,可惜了她好不容易弄来的这两张入场券。

为了找小呆,她先是闯入了人家运动员的帐篷,随后又误以为小呆落水跑去救人,还狠狠摔了一跤,这些她都跟小呆说了一遍。

小呆跑去药店买了消毒水和创可贴帮高长月把摔伤的膝盖处理好,两人一起坐在河堤的台阶上,她把身上的棉服脱下来一边给高长月盖在身上。这时,她注意到从高长月膝盖上解下来的那条丝巾,随口问:"这么说,这条丝巾就是那个帮你忙的男孩子的?"

高长月点点头:"嗯,一会儿还要还给他,咱们找个洗手间把它洗干净吧。"

"孟明朗……"小呆看着那条丝巾念出声来。

正关心着自己膝盖的高长月转头问:"什么?"

"那男生是不是叫孟明朗?你看,这上面有他的名字。"

高长月拿过那条染了些血迹的丝巾仔细看了看,上面用标准的正楷字体写着:孟明朗 滨城体育项目委员会国家男子冰球队成员。

原来他的名字,叫孟明朗。

在高长月发现丝巾上印有名字的时候,孟明朗和队员们正在丽水河旁边的临时训练场地接受惩罚。

他们冰球队一共二十三人,除领队和两名教练外,其余二十人此时都齐刷刷站成一排,没人敢说话,也没人敢动。

这是他们教练惯用的惩罚手段,先罚站四十分钟,自己再慢悠悠出现,该训该罚的,一个都不会漏。

其中两个队员站到腿发麻,正想办法偷懒时,教练来了。

"余教练好!"

所有人迅速站好,整齐划一地向教练问好。

余教练脸上没什么表情,他本身面相就不那么平易近人,要是队员们输掉比赛就更加严肃了。他走到队员们身前一米远的地方停下来,双臂环胸,眼睛从每个人身上扫一遍后,厉声喝斥道:"我通知的集合时间,谁没有准时到?"

孟明朗挺直腰杆,提高音调回:"报告教练,是我!"

"还有谁?"

齐雷回:"报告教练,除孟明朗外,其他人都准点来了。"

余教练全名余思久,对待队员是出了名的严苛,平时不犯错倒没什么,一旦犯错,可以罚到队员一周都下不了床,是所有冰球队员心目中的魔鬼教练,没有之一。

余思久走到孟明朗跟前,问:"干什么去了?"

"赛场内有人落水,我去救人了。"

他刚刚在赶来集合的路上听到有人落水,把人救上来后,就忘记集合这回事了。

时间仿佛静止了,余思久板着脸,似乎对孟明朗的说辞并不买账:"主办方配备了救护队在场内,有专业的救援人员,轮得到你逞英雄?"

孟明朗认错态度非常好:"我错了,正在反思。"

"错了就要罚,解散后上冰速滑十圈,压步一小时,五公斤哑铃双手各三十下,做完向我报告!"

作为一名国家队的冰球运动员,过硬的身体素质是必备条件,可余教练这一通惩罚说完后,还是让大家有些怯。

有几名队员倒吸一口凉气,没有人敢帮腔,只有被罚的人清清嗓,回:"接受惩罚!"

孟明朗是队员中年纪最小的一个,也是滨城高校的在读大学生,前不久才被破格收进国家队。按理说他相较于其他队员,应该更娇气,抑或是更容易退缩才对,可不知道为什么,在其余队员的心里,隐隐觉得这个人在他们余教练面前,似乎有一股子难以察觉的坚忍。

面对余教练的严苛惩罚,他从来不吭声不抱怨,咬着牙也要完成,小小年纪,这点倒是挺让人佩服。

罚完孟明朗,余思久在其余队员面前走过两个来回后,冷冷发问:"今天的比赛,你们觉得自己发挥了几分实力?"

队员们干瞪着眼,谁也不敢答话,在气氛变得更紧张之前,齐雷胸脯一挺,答:"七……七八分……"

"你敢说七八分?"余思久一听,怒火中烧,"冲进决赛的队伍总共是十二支,你们连前三名都没挤进去。看看外面的颁奖台,那是胜利者的地盘,你们呢?拿不到名次,比赛结束就只能灰溜溜下场,连隔壁市的业余俱乐部都能挤进决赛,名次仅排咱们后一名!就你们今天这样子,国家以后的体育赛事还能指望你们?"

有队员气不过这通教训,嘀咕一句:"好歹咱们也拿了第四,就比第三名差了一个球……"

"差一球也是差!你们给我记住,只要踏上冰场,你们的目标就是颁奖台上最高的那个冠军位置,别跟我讲什么第二第三也不差,我不想听。"余思久来回踱步,怒气不减,"今天这场室外冰球赛,队里为你们准备的暖气帐篷和热水,是只有冠军才能享受的待遇,你们就拿这种成绩来回报?"

教练的话音落下之后,训练场内鸦雀无声,再也没人敢在这时候往枪口上撞了。

遇他时春风和煦

反正没拿到好名次已经成定局，况且这场比赛只是各俱乐部联名举办，并没有多大意义，所以队员们态度懒散，心态没摆正也是事实，现在再多说什么都是错的，干脆就直接闷着声等教练气消了。

刚经历完一场大赛的丽水河堤上，没有了拥挤的人群，少许的海鸥缩着翅膀躲在避风的小角落里。河面上冰层很厚，比赛结束之后，有三两个大人带着自己的孩子在冰上玩耍。

冬天，天黑得早，下午不过五点的样子，头顶的太阳已经一点点开始往西边落。

高长月站在河堤的护栏边，身后是那顶中国红的大帐篷。她迎着风把手里的丝巾举高，试图利用风来吹干手里尚且潮湿的丝巾，可冬天里的风，冰冷，是吹不干的。

小呆从远处的商店跑来，手里拿着鸥粮，喘着气说："好贵啊，这一小袋子，卖的价格竟然和我奶奶的一碗馄饨一样。"

高长月看一眼，撇着嘴表示没办法："谁叫你偏要喂这些小东西，再贵也得买啊。"

小呆呵呵傻笑着没往下接话，她是看这些小家伙被冻得不行，还要去地上找东西吃，实在可怜。

没过一会儿，小呆跑去海鸥聚集取暖的地方，把鸥粮倒一些在掌心高高举起，然后喊："长月，你看我！"

高长月闻声看去，三五只海鸥被吸引到小呆头顶盘旋，有胆儿肥的直接落在她肩头上,打算去啄食她掌心里的鸥粮,还有几只不安分地从她脸颊两侧扑闪而过,掠起那一头齐肩短发,凌乱在风中。

看来这些小家伙也是看见吃的就顾不上冷了。

小呆开心得不行,她说:"动一动就不冷了,它们也像人一样,飞一会儿没准身体就会暖和起来。"

高长月被引起了兴趣,她把手里的丝巾四四方方叠好放进口袋里,打算加入小呆的投喂行动。

"给我一点儿。"

小呆打开袋子的封口,往高长月手里倒了些鸥粮。

似乎它们也会呼朋引伴,一见有吃的,就全都飞过来,两人很快就被这群小东西给包围了。

若是把鸥粮撒在地上,便会有几只懒惰的海鸥一路啄食过来,就算人靠近,它们也不会因害怕而飞走。

高长月看着看着就大笑起来:"这哪里是海鸥,分明就是傻白鸽呀。"

小呆也跟着笑,笑着笑着,她突然怔住了,急忙道:"长月,你快看那边,有人在拆帐篷。"

有四个人拿着工具正在拆卸那顶大红色的帐篷,高长月连忙把手里的鸥粮撒在地上,朝那边跑过去,小呆也急忙跟了上去。

"师傅,怎么这里就要拆了呢?"

一个穿蓝色工装的中年男人停下手里的活儿,他回过头来看着

遇他时春风和煦

面前的两个小姑娘，语气颇为友善地回了一句："比赛都结束了，这些临时搭的当然都要拆除了。"

高长月愣住了，那个叫孟明朗的人还没有回来，丝巾也还没有还给他。

小呆站上前，用细细的嗓音问道："师傅，那您知道打完比赛的运动员们都去哪里了吗？"

"这我就不知道了，不过你们可以去训练场找找看。"中年男人手里握着扳手朝河岸西边指了指，"听说比赛之前有很多队伍在那边训练。"

高长月回过神，顺着师傅指的方向看了一眼，把手揣进兜里，揉了揉那条潮湿的丝巾。

两人向拆卸师傅道谢后，一起往丽水河西岸走去。

从外观看起来那片训练场并不大，有三两个人背着大大的包从后门走出来，朝路边停放的大巴车走去，应该是运动员比完赛，正准备离开。

高长月拉着小呆往正门走，在踏进大门的前一秒，小呆心里没底，扯着好友停下来："我们这样进去，会不会太冒失了？"

"不会，"高长月回头安抚，"就悄悄进去看一眼，别被人发现就没事。"

小呆向来胆小心细一些，见她还是忐忑，高长月干脆把她带到一旁，交代道："你在门口等着，我进去找找，马上就出来。"

说着，高长月转身就往训练场内走，没给小呆开口阻拦的机会。

一进门，正前方不远处是一处宽阔的冰场，高长月远远看见冰场对面的空地上一排男青年整齐站立着，都背着双手背对着她这个方向。

在看到有一人是面对着自己站立时，高长月心里一慌，立马躬身，利用半人高的冰场围墙把自己挡起来。她顺着墙慢慢往那边靠，距离缩短到能清晰听见人说话时，入耳的是余思久那句严厉呵斥："你们就拿这种成绩来回报？"

高长月脚下一滑，半蹲着的身体差点儿失去平衡。她稳住之后蹲在墙边，悄悄把头探出去，看到孟明朗正背着手站在离自己最近的靠边位置。

站在一排队员前面的那个人，看起来四十多岁的样子，听他那一声呵斥，想来应该是这些队员的教练。高长月收回视线，确认孟明朗人还在这儿，正想悄悄撤出去等着时，又听到那人的训斥声。

余思久开始一个一个点名："今天的比赛，全员节奏混乱，完全没有一个团队该有的样子。中锋金帅，抢球的速度比平常训练慢了不止一两秒；后卫刘智林，接到球之后提不起速度，四次被对方截和；还有守门员李鸣山，连失两球，让对方几个假动作给晃得眼花缭乱了是吧？我平时……"

"你在干什么？"

高长月感觉脊背一阵发凉，她连忙回头，发现身后突然多出一个人，看起来要比那个教练小上几岁，就站在她身后不到两步远的

遇他时春风和煦

位置。

训话被突然打断，余思久踱步过去，看到墙角蹲着的那个身影。

高长月暗自抚额，无奈地缓缓站起来，她扫一眼那排身体直立、脑袋却全都转过来的队员，目光和孟明朗有一秒对视，之后看向余思久："不好意思，打扰了，我……我……""我"了半天没憋出一句话来，齐雷这时看清她的长相，小声道："这不是之前……"

身边的金帅撞了一下他的胳膊，齐雷便把后面那句"闯帐篷那姑娘"憋回了肚子。

孟明朗也愣住了，他没想到她会跑到这里来，正愣神时，余思久开口问："哪个队的？躲在这儿偷听，不怕给你们教练抹黑？"

这真是误会大了。

高长月连忙摆手解释："不不……不是，我……我不打冰球。"

"不打球？"身后那人发问，"不打球你来这儿干什么？"

眼看就要被误会成同行窃听者，高长月十分紧张地回头看一眼身后的人，又看看余思久，最后把目光定在孟明朗身上，一咬牙，道："我……我是来找我表哥的！"

她说着就把手指向孟明朗，众人的目光顺着那只手齐刷刷看向同一个方向，被瞬间围观的孟明朗喉咙一紧。虽然这反转让人始料未及，不过好在他反应还算快，只顿了几秒，就配合着说："对，这是……是我表妹……"

队员们肯定知道这两人是在瞎扯，毕竟之前闯帐篷的时候，孟明朗明显和大伙一样,不认识这姑娘,只是目前的情况,他们谁都不好当面拆穿。

身后那人听到这个回答,之前的警惕松懈了许多,他走上前道:"怎么之前没听说你还有个表妹?"

孟明朗微叹口气,轻声回:"远房的。"

"是这样啊,我就说,看姑娘这小身板也不像打球的。"

高长月尴尬地笑了两声,继续往下编:"我大姨好几天没见到表哥,就让我过来看看,看你们在说正事,我不敢打扰,本来想拍个照片就走的……"

发现她的人是队里的助教,姓杨,此时他走到余思久身边,打断道:"那怪我了,把你揪出来还差点儿整出误会来。明朗你也是,既然是亲戚,怎么不早点搭腔?"

话题转到孟明朗身上,他挠了挠头,语气略不自然地回:"反应跟不上,也没找到插话的机会。对不起,打扰大家了。"

"多大点事儿,来,"杨助教冲高长月招手,"过来拍,正好大伙很久没拍合照了,一起拍。"

这时一旁沉默许久的余思久发话了,他依旧板着脸道:"行了,赶紧拍完出去,正事还没说完。"

高长月擦擦手心里的虚汗,从包里掏出手机,面对排列整齐的一众队员,她胡乱拍下一张照片,走之前还心虚地朝孟明朗交代道:"表哥,空了记得多回家陪陪大姨……"

孟明朗额头三条黑线直泻而下,心想她可真能演。他面无表情

点头回应,生怕再多说一句话,就露出了陪演的痕迹。

高长月礼貌地和大家道别后,小跑着出了训练场。

等人走后,余思久继续之前被打断的话,训斥道:"打比赛,打的就是节奏和速度,你们抢了球连对方主场都带不过去,守门的又守不住,这样极度被动的情况下,想打好比赛简直是痴人说梦。平时让你们多配合,多传球,你们一个两个都当成耳旁风,还有……"

将近八百字的斥责结束,全体队员挨罚冰上速滑十圈,压步一小时,外加压腿,压到人体极限为止。

虽然相比孟明朗来说,大家少了举铃这一项,可对于这帮硬骨头来说,多出来的压腿简直就是噩梦,不过大家只能认了。

见教练训完转身要走,队员们都暗自松了一口气,可没等这口气松完,余思久又停住脚步,他回头,目光落在孟明朗棉服下那件湿透的T恤上。这大冷天的,尽管在室内,可温度依然很低。余思久离开时交代:"去找陈楠拿件衣服换了再上冰。"

孟明朗抬眼朝那道离开的背影看去,轻声回了一个"好"字。

不经意间,那声回应里,夹杂了一丝小小的喜悦,一种在平淡日常中被人格外关怀的喜悦。

高长月在训练场内找了个空当把丝巾悄悄还给孟明朗,还在离开前小声道了声"谢谢",随后出来拉上小呆回家了。

等两人踏上公交车,摇摇晃晃一小时抵达清风巷时,训练场内的队员们才刚好做完体罚项目，只剩孟明朗孤零零一个人还在冰上，表情略微痛苦地快速压步。

余教练掐好时间打开教练室的门，还不等他出来，人就被十几个队员团团围在了门口。

"疼，全身无力，虚弱。"

"腿疼……"

"手也疼！"

众人歪歪斜斜地靠在两边的过道上，见有人开头说话，其他人也附和着："对对对，大伙都快丧失正常走路的能力了……"

齐雷一向胆大，也敢说，他整不来那些磨磨叽叽的，心直口快地把大伙刚刚商量好的直接表达了出来："哎呀，余教练，就说咱们今晚吃什么吧。大伙一致觉得，旁边那家火锅店不错，听说汤底是用冰块和上好牛油同时熬制，那蔬菜都是有机……"

"行了，差不多就歇着去。"余思久退后两步，站在教练室里看着门外活像一群撒娇小媳妇的队员，打击道，"真手疼的人还在冰上压步呢，就你们几个，少装。"

"明朗咱不是也得带上嘛，这火锅……"

一个两个都把试探的目光落在教练身上，屋里坐着一直没出声的是领队陈楠，她一向比较疼爱这帮队员们，笑了两声，正想开口帮腔时，余思久回头，拉着脸说："你也别笑，就这种名次，还想吃火锅？"

"我们保证，明年市联赛一定拿冠军。余教练，您就让我们先

赊一顿好的，后面咱们大伙一定努力训练，让您在体委风风光光的。"

"就是啊，先吃饱才有力气训练嘛。"

大伙一顿软磨硬泡，平时队里几个比较懒的队员也连忙帮腔："以后训练我们再也不偷懒了，教练说干啥我们就干啥……"

余思久最终没扛过这波攻势，交代陈楠："去问一下，有那种一个包厢能容两桌人的，就订一个，没有就订两个。"

陈楠笑着应了声"好"。

原本歪歪斜斜塞满走道的人瞬间来了精神，一个个都喜上眉梢，险些欢呼出来。

齐雷咧嘴笑得最开心，他冲队友们喊："来，咱们一起给教练啪叽啪叽。"

大伙一听，全都配合地抬起手，一阵鼓掌声在过道里起起伏伏，异常响亮。

这是他们队里的默契，只要一说"啪叽啪叽"，大家就知道要鼓掌了，而该鼓掌的时刻，一是在冰场拿下好名次的时候，二是在余教练跟前磨到好伙食的时候。

去吃饭的路上，齐雷和金帅围着孟明朗，问今天"表妹"的事情。孟明朗叹着气把救人那件事说出来，解释了好一会儿，两人才不再纠缠这个问题。

只是关于他白捡一个大表妹这件事，其他人笑了他很久才渐渐淡忘。

一周后，上次会演的节目有了结果，高长月拿下一个优秀演奏者的奖项。

高满看到她的奖项，只是象征性地表扬了几句。关于女儿这方面的事情，她向来不太在意，也并不只是满足于此。

她还是托着各方的关系，带着高长月到处试镜，企图让女儿在最青春美丽的年华能得到一个在大荧幕上崭露头角的机会。

一次失败，两次失败……

在为女儿开辟演艺事业的这条路上，高满有着无限的精力，就像天下无数父母期望儿女成才一般，从来不说苦累。只是区别于其他父母的地方在于，高满只要女儿演艺上的成功，而对于她其他方面的优秀向来都不甚关心。

因为专业不对口，又一次试镜无果之后，高长月要回学校上课，高满原本是骑着电动车载她来的，可试镜没什么消息，似乎就丧失了再载她回学校的动力。

换高长月骑车载着母亲先把自己送回学校，一路上母女之间竟然毫无交流。

她其实有很多话想说，但又觉得说了也没用，这十几年来，随着她年龄的增长，母亲对她进入演艺圈这件事越来越执着。可高长月实在是感觉不到自己在这方面有什么天赋。

滨城的冬天很冷，在这种天气里骑车是需要勇气的，高长月全身都裹严实了，只露出两只眼睛。

遇他时春风和煦

她想了一路,最终还是在快到校门口的时候试探性地开口:"妈,听说我们学院上一届毕业的学姐报了文艺兵,今年的春晚上还有她的军歌节目呢。"

高满低头看着手机,随口一句:"这有什么,一年也就在电视上露一次脸。"

"这样不也挺好的嘛。"

高长月小声嘀咕,被高满听见了,她伸手往女儿腰间一拧:"你又想些什么不着调的事情,我可告诉你,把这些杂七杂八的念头断了!"

高长月语气平静,反驳道:"这怎么就是不着调的事情了?妈,咱们为什么非要往演艺圈里挤呢?有多少人挤破头都还寂寂无名,我又没有什么表演天赋,您让我试镜过这么多次,也没有哪个导演看中我,我觉得去当文艺兵挺好的。"

"你个死丫头!"高满气得把手机揣回包里,手又往女儿腰上拧去,力道加重了不少,"什么文艺兵,那有什么好当的?"

拧得重了,疼得高长月连忙往前缩身子,没想到这一缩,手上一个不稳,她把着的车头开始左右晃动,恰巧路面上不知何时多出了一块拦路的大石头,不偏不倚她骑着车就撞了上去。

高长月心里一慌,连忙把着车头往相反的方向一转,电动车就直直地冲上了一旁的人行道,还不等人有时间反应,嘭的一声,有什么东西从后面撞上来,车身彻底失去平衡,连车带人摔倒在地。

等高长月从地上爬起来时,高满已经站在一旁拍身上的灰尘了,好在车速不快,两人只是从车上掉下来,穿的衣服又多,她们都没有受伤。

电动车歪斜在路边,高长月顾不上看车,转头往身后看去,在离两人刚刚摔倒的地方不远处,此时还躺着一个人。

高长月这才反应过来,刚刚撞上来的是一个骑自行车的人,大概扫了一眼,应该是附近的学生,那辆自行车此时也横在路中间,车轮骨碌骨碌地转。

完了,应该是自己骑的车突然冲上人行道,让人家躲闪不及才撞上来的。

高长月小跑过去,连忙伸手去扶那人的胳膊:"对不起,对不起!同学,你没事吧?"

那脸朝下趴在地上的男生似乎被她的手一捏,更加痛苦地嘶了一声,吓得高长月立马放开手,一时之间竟不知道该怎么办。

高满也走过来了,她看看地上的人,没见有什么受伤的地方,于是礼貌性问了一句:"有没有伤到哪里?需要叫救护车吗?"

"不用了。"男生缓了一会儿之后,手慢慢撑着站起来。

他一身黑色的羽绒服,头上戴着帽子,脸上围着面巾,和高长月一样,整张脸露在外面的只剩一双眼睛。

两人同时看着对方,两双眼睛对视上,两个声音同时扬着声调"咦"了一声。

遇他时春风和煦

"你不是那个……"她想了一下,"孟明朗?"

见到是高长月,孟明朗倒是没多惊讶,"咦"完那一声之后,他扶着一旁半人高的垃圾桶才勉强站稳。

"你怎么会在这儿?"高长月追问。

他似乎是痛到说不出话,整个人倚靠在垃圾桶上。高长月见他这样,又想上前去扶,他连忙缩手:"你别碰,先别扶我。"

他现在全身上下只要有人用力碰,就痛到不行,刚刚那一跤显然把他给摔蒙了。

高满从两人之间的几句简单交流得知,他俩认识,八成是同学。她懒得操心,这里也已经是校区范围,她交代高长月好好照看人家之后,就扶起车子回家了。

孟明朗还十分礼貌地和高满告了个别:"阿姨慢走!"

高满走后,孟明朗扶在垃圾桶旁边缓了好半天,一抬头就对上高长月担忧里夹杂着歉疚的目光,想着怕是自己的样子吓到她了,于是解释道:"不关你的事,我这是……"他顿了一下,又接着说:"这是旧伤了,过几天就能好。"

"真的吗?"

"真的,上次在训练场你也看见了,我们一整个队都受了罚,手酸腿疼,一星期都恢复不了。"

今天被这么一撞,估计得再休整个十天八天。

这句他没说,高长月半信半疑,不过心里还是深深松了口气。

这年头本来挣钱就很艰难了，要是再出个交通事故，伤了人，牵扯到什么赔偿问题的，那就更让人头大了。

况且面前这个人，她本身就欠着他之前帮忙的人情。

看孟明朗的样子是骑不了车了，高长月跑去帮他把自行车从地上扶起来，这才发现脚踏板掉了一个。

"怎么办？你的车好像坏了。"

孟明朗步伐有些僵硬地走到车旁边，他一手撑着座椅，一手去扶着没掉的那个脚踏板倒转了两圈，链条发出哗啦啦的响声："没什么大问题，修一下就好。"

"我试试。"高长月说着就去捡地上那个掉下来的脚踏板。

显然，她没什么修车的经验，孟明朗竟也没阻止她，就这么看着。

女孩一头乌亮的黑发顺着倾斜的肩头滑落，她蹲在地上，拿着手里的脚踏板往脚蹬轴上拧，只拧了不到一半，咔嚓一声，有什么东西断裂的声音传来。

高长月"呀"了一声，随后尴尬地抬起头："断了。"

自行车伤上加伤，高长月心里虚得慌，她记得这个脚踏板是可以拧上去的，怎么今天做什么都不顺，随手一拧，倒把脚蹬轴给掰断了。

孟明朗也不心疼自己的车，反倒冲她笑了笑："这下你可要对我的车负责了。"

遇他时春风和煦

高长月脸上难掩窘迫,她扯扯袖子:"不好意思啊,我会帮你修好的。"

见孟明朗笑着没说话,她又问了一遍刚刚没有得到回答的问题:"你怎么会在这儿?"

孟明朗指指自行车,又指指自己:"车、人,我当然是来这里有事啊。"

"那你也是这附近学校的学生?"

滨城所有的大学都集中在这里,这里算是一个大学城,一般来这边的,不是大学生就是家长,再有就是老师。看他的样子,也不过和自己差不多年龄,只可能是学生了。

孟明朗没有直接回答她的问题,而是抽身把地上坏掉的脚踏板捡起来,边往前走边说:"把车推上跟我来,我们学校旁边有修自行车的店。"

学校旁边的修车店……

说起修车店,高长月才猛然想起来,她们校门口旁边也有一个修车店,而且听有自行车的室友说,整个大学城只有她们学校门口这家店能修理自行车,所以每次去都要等上很久,那这么说……

"你也是艺术学院的?"高长月有些惊讶。

他不是运动员吗?还是国家队的,再怎么样,也该是体育类院校呀。

高长月大概都不知道,自己说的那一个"也"字,同时把她自己的院校给暴露了。

孟明朗微挑一下眉毛，回头示意她赶紧跟上，随口答一句："我不是你们学校的。"

高长月好奇心被勾起，她推着车小跑上去："那是哪个学校？附近修自行车的店不是只有我们学校旁边一家吗？"

"你们学校旁边也是我们学校旁边啊。"

什么意思，隔壁？

她终于反应过来："医学院，你学医的？"

一个学医的跑去打冰球，还是国家队的队员？

高长月不解了："你不是运动员吗？"

孟明朗瞥她一眼，反问："有谁规定学医的就不能是运动员了？"

"那你那天连落水急救都不会。"

手都放人家女孩胸口了，还往回缩，要不是他顿那一下，让人以为他不会，高长月也就不会硬着头皮用自己那点皮毛功夫了。

孟明朗走在前面回道："我可没说过我不会，当时不是你一把将我推开的吗？"

他那天是被冻得手抖，脑袋反应一慢，人就被推倒了，况且解女孩子衣领这种事，他一个男生本来就多有不便。

高长月被这两个连续反问给噎了一下，一时语塞，只好推着车赶上孟明朗的步伐，和他并肩而走。

等在修车店修好自行车，高长月已经误了下午的第一节选修课。

艺术学院的饮品店在大学城内口碑很好,经常有外校的人慕名而来,为感谢上次孟明朗在丽水河帮忙寻找小呆,还在训练场帮她圆谎,再加弥补今天的意外事故造成的伤害,高长月主动提道:"请你喝奶茶,怎么样?"

孟明朗扒拉两下修好的脚踏板,弯着腰问:"现在吗?"

"今天恐怕不行,我一会儿还有课,这周六你有空吗?"

"我都可以。"

两人就这么约好了。

高长月觉得他人好,和别的男生有不一样的地方,但她一时又说不出是哪里不一样。不过她想周末带小呆也认识认识他,她想告诉小呆,她新交了一个朋友。

分别时,高长月突然想到一个问题,她都走进学校大门了,又退回来:"你怎么都不问问我叫什么名字?"

"高长月,你说过了。"他这么回答。

立在校门口的高长月呆愣了一会儿,似乎在仔细回想,记忆中有没有告诉他名字这回事,想了几秒也并什么这方面的记忆,可既然他这么说,又隐隐有那么点印象。

最后高长月放弃纠结这件事,道别之后正打算转身走,却迎面遇上室友林辛,林辛似乎老早就看见她和孟明朗在说话,还专门回头冲校门外站着的男生打了个招呼。

孟明朗冲她礼貌性地笑了笑,当作回应。

刚走没几步,林辛突然挽上高长月的手臂,问:"那人是谁呀?

长得还挺好看。"

高长月略显敷衍地回了一句："刚认识的朋友,帅倒是有那么点儿。"

"什么时候也给我介绍介绍呀?"林辛一脸痴相。

"你清醒一点儿,少去祸害人家正经男孩。"

林辛假装生气地推她一下,两人一路打闹着回了寝室。

孟明朗扶着自行车走在冬日暖阳下,他撒了一个小小的谎,是关于她的名字。

他第一次听见这个名字,是在刚上大一那年,评委宣布入场的时候:八十三号考生,高长月,请入场。

那时茫茫人海中,他只多看了她一眼,便记住了那一头乌亮的长发。

清风巷有两棵长得特别粗壮的白桦树,一棵在巷子口,史家奶奶摆摊的地方;一棵在巷子中段,小兰姐姐的香烟店门口。树长得越粗壮,树干上能剥下来的树皮就越大块,白色的树皮像纸一样光滑。没事的时候,小呆会去剥两块来,叫上高长月来奶奶的摊子上,两个人并排坐着用铅笔在薄薄的树皮上写字画画。

周五这天下午,清风巷里各家各户已经开始动起炉灶准备做饭了,高长月慢悠悠地举起手里那一大块白桦树皮,轻轻朝上面吹一口气,扫去铅笔残留的粉末。

"我的完成了。"她看着自己的作品,似乎十分满意。

遇他时春风和煦

小呆闻声忙抬起头来看："你怎么这么快,我的才画了一半。"

两人都不是专业学美术的,只是觉得在树皮上写写画画的感觉不同于纸张,无聊时打发时间而已,小呆每次都想画得复杂一些,所以花费的时间总比高长月多。

高长月拿着树皮起身,回："你画那么多东西在上面,当然没我这个快了,我只画了一片叶子。"

之后,她又转头看向车摊边那个佝偻的背影,打招呼道："奶奶,我走啦。"

她说着,人已经走出去了,老人回头看着她说："小丫头,吃碗馄饨再走。"

"不吃了,奶奶,我回家吃饭。"

见小呆还低着头专心画画,高长月叫她一声,提醒道："别忘了明天下午去我们学校。"

小呆从树皮画上收回目光,回她："好,我就在这儿等你来。"

路过香烟店时,高长月闻到浓浓的泡面味道,她凑到柜台边往里面一看,店主小兰正端着小奶锅吸溜里面的泡面。

小兰是个温婉的江南女子,爱穿一身墨色长裙,可她总吃泡面,路过十次八次都能见着她在吃。高长月伸长脖子打招呼："小兰姐姐,又吃泡面啊?"

"哎,长月,你怎么现在才回家?"

"我在巷口史奶奶的摊子那儿玩了好一会儿了。"

"哦,那赶紧回家,别让你妈着急。"

"好嘞,马上回!"

在高长月心里,小兰姐姐是个爽快人,总是热心帮忙,不同于其他四邻。

第二天吃完早饭,高长月在房间里挑下午要穿的衣服,高满踩着拖鞋从外面推开房门:"找套正式的衣服换上,下午陪我去见几个朋友。"

"妈,今天不行,"高长月想都没想就直接拒绝了,"我下午约了小呆出去。"

"跟小呆哪天不能玩,快,下午陪妈去一趟。"

"不行,我们是早就约好今天出去的。"

高满脸上开始显出不悦:"你们约什么?不过就是吃吃喝喝,跑跑闹闹的,下午我带你见的可是演艺圈内已经站住脚跟的人,你赶紧换衣服,别磨蹭了!"

又是这个。

高长月拒绝:"妈,我不去。"

"死丫头,你用脑子好好想想……"

此时门口响起敲门声,打断了高满那句已经让高长月耳朵都听出老茧的话。

——你用脑子好好想想我这么做都是为谁好。

遇他时春风和煦

高满去开门,高长月没跟着出去,她继续在房间里找衣服。

外面的门吱呀一声被打开,能隐隐约约地听到对话声。

"怎么是宁黎来了,我不是说晚点的时候在餐厅等你们的嘛。"是高满的声音。

"咳咳!"陌生的声音咳嗽两声,"我想着来看看高姐姐这些年过得怎么样,咱们这么多年没联系了,总要看看你住哪儿、吃些什么,我才放心。可这种地方,你怎么住得下去呀,又破又旧……"

高满笑了笑:"还好,住久了也就习惯了。"

那女人不依不饶,继续说:"听说你还在隔壁开了茶室,哟,这年头的茶室,可都不是什么正当生意,容易坏名声!"

这尖细的声调让人一听就喜欢不起来,高长月放下手里的衣服走出房门,门口站着的是个披着大红色外套的女人,看起来不比她母亲年轻多少。

那人眼尖看见高长月出来,眼神落在她身上,问高满:"这是?"

高满把高长月拉到身边:"这就是我说的,我那个不成器的女儿。"

高长月一言不发,脸上也没什么表情,倒是那个叫宁黎的女人笑得夸张:"高姐姐可别这么说,现在的小孩子啊,自尊心可强了,你说这话容易伤孩子自尊。虽然你们现在这条件是差了点儿,但也不是完全没希望,现在这演艺圈里啊,也有许多导演选不来人,要是运气好,你女儿也不是成不了。"

高满脸上的尴尬只一瞬就消失了,她拉着高长月说:"快给你宁阿姨问好。"

高长月站着不动,嘴上淡淡一句:"阿姨好。"

"哎呀,这姑娘不错。"宁黎说完就叹了一口气,"可还是不如高姐姐当年,想姐姐你当年那脸、那身形都没能在圈里站住脚,如今这圈子呀,更难进了。可惜你当年一声不吭地说走就走,我们……"

"过去的事就别提了。"高满直接打断她的话,迎人进屋,"来,进来喝口水再说。"

宁黎挑着高眉,眼睛往屋里瞅了两下后,说:"算了算了,我就不进去了,我劝姐姐你还是另外找个好点儿的地方住,这种地方住久了,人的档次和眼界也会往下掉。不是我不照顾你们母女,要是小侄女以后真能混出名堂来,这些可是会成为黑料被曝光的,咱们这行人啊,名声可比脸蛋身材重要多了。"

"这种地方怎么了?"高长月突然开口,语气并不友善。

宁黎脸色一变,瞪着眼睛看向高满:"这……这……"

高满连忙把高长月往自己身后拉,边拉边说:"你个小孩子插什么话!"

手臂上有被用力掐的疼痛感,高长月忍着疼,任高满怎么拉,身体就是不动,她咽咽口水,继续说:"不知道阿姨您嘴里的'档次'和'眼界'是什么意思,我学问浅有些难理解,难道是像您这样跑到别人家里阴阳怪气,随意踩踏别人的自尊心,变相挖苦的行为就叫上档次吗?"

遇他时春风和煦

"你闭嘴,胡说什么!"高满呵斥她。

那个叫宁黎的女人此时已经气得涨红了脸,她看都不看高长月,瞪着眼睛看着高满:"你们简直,简直不识好歹!"

说着就扯下肩头上的包包,踩着高跟鞋走了。

不想刚走出没两步,一个拐弯就迎面撞到了人,宁黎抬头,只见一个比自己高出一头的小伙子站在拐角处,手里拿着一沓纸张,连忙道:"不好意思。"

她懒得再多说一句话,从那人身旁绕开,径直走了。

高满抓住高长月的胳膊,怒吼道:"你今天是想气死我吗?"

高长月没站稳,踉跄了一下,她看着母亲说:"妈你难道听不出来吗?什么朋友,什么姐妹,她分明就是在嘲笑我们!"

"那又怎么样!"高满情绪难平,发了多年来最大一通火,"人家有嘲笑的资本,只要她能帮忙,嘲笑两句,我不会死,你更不会!"

许是母亲嘴里的某个词一下刺痛了心里的柔软,高长月双眼盈着泪花,突然就软了语气,说了多年来一直想说却又忍着没说的话:"演艺圈就真的有那么好吗,妈为什么非要逼着我去?她说我们住得不好,说我们穷,说你茶室开得不正当,还……还说你名声不好……"

高满咬着牙,一字一句反问:"她说错什么了吗?你妈我就是开茶室的,我们住的就是这种破地方,我们没钱、穷,名声不好,这些哪个不是真的?这些年难道你听的流言蜚语还少吗?为什么你就非要在今天揪住这些不放？"

　　高长月红着眼眶，豆大的泪珠顺着脸颊滑落，湿了一脸，她狠狠抽泣两声，讷讷道："难道你就没有自尊心吗……"

　　为什么要去求这种人？那些本就没有抱着真心来帮忙的人，为什么要这样作践自己去迎合？

　　这大概是当时的高长月心里，最无解的一个问题。

滨城的冬天向来虽气温低,却时常能看到太阳,谁知今天一反常态,竟从早上开始就飘着几朵薄薄的乌云。随着时间的推移,到下午的时候,天空已经灰蒙蒙一片,正赶着高长月母女争吵不休时,淅淅沥沥下起雨来。

小呆坐在巷口的小摊上,有路过的好事大妈在一起议论:"尽头那家在吵些什么?"

"不知道来了个什么人惹的,竟然让那家母女吵成……"

小呆耳朵极好,却只囫囵听了个大概,就起身往巷子深处飞奔。

雨打湿的石板路上有种滑腻腻的感觉,小呆一路跑得磕磕绊绊,在能听到争吵声的那个拐角处,她和站在转角的人擦身而过,因为跑得太快,只是轻轻地碰到半只臂膀,都让她脚下打滑,一个不稳,重重朝地上摔去。

落入耳中的是高长月那句"没有自尊心吗",小呆心里着急,不等身后与她擦碰的人有动作,她已经从地上爬起来,三两步跑过去,连头都来不及回。

遇他时春风和煦

灰蒙蒙的天上还下着小雨,高长月半湿的头发贴在头皮上,小呆跑到她身边看着站在门口的高满,急忙说:"阿姨您别生气,长月她……她肯定不是故意要惹您不高兴的。"

似乎是女儿最后那句话让她瞬间冷静了下来,高满动动嘴唇,接着也红了眼眶,声调小了许多,语气似是自嘲:"自尊心……难道你以为,只有你有自尊心、有脾气,全世界就只有你一个人在忍吗?"

她说完就转身,独自进了屋,嘭的一声,门关了,也把外面的整个世界隔绝开来。

"阿姨,"小呆上前去敲门,"求您原谅长月,她肯定……肯定不是故意要惹您伤心的!"

可任小呆怎么敲,屋里一丝声响都没有。

下雨了,转角处的那道身影把手里的纸张卷起来塞进胸前的衣服里,争吵结束,他甩甩头发上的水珠,转身往巷子口走去。

高长月站在雨里,抬起湿掉的袖子擦眼泪,可怎么擦都擦不完,因为雨还没停,眼泪也一直在流。

见门一直不开,小呆转身回来陪着高长月站了一会儿,她想这样也不是办法,天气这么冷,淋感冒了还伤身体,于是她拉着高长月去奶奶的摊子上避雨。

一碗热腾腾的馄饨,此刻比任何安慰的话语都来得温暖。

高长月渐渐平静下来,小呆就这样陪在她身边,不多说话,也不多问。

今天的天气很奇怪，似乎是随着心情在变化，心里没那么悲伤的时候，乌云也散开了，云天边泛着鱼肚白的颜色。

高长月从咬一口馄饨抽噎一下，到能正常一口吞一个馄饨时，已经是十五分钟之后了。等她喝完碗里最后一口汤的时候，除了眼眶微微泛红之外，脸上已经看不出其他哭过的痕迹了。

在她放下空碗的时候，一颗扁扁的白桦树果实掉落在她面前的小桌上，随后头顶响起一个声音："不去赴约就算了，还躲在这里吃馄饨。"

高长月猛一抬头，站在小摊边的人，是孟明朗。

她脱口而出："你怎么在这儿？"

小呆被两人的对话吸引，从水槽旁边站起身来，她看着这位突然出现的男生，两人目光对视上。

孟明朗朝她笑，打招呼说："你好，你就是小呆吧？"

小呆木讷地点点头，没有做出言语上的回应，目光只和那对笑弯的眉眼有几秒的对视。

孟明朗打完招呼就径直坐到高长月对面，随后礼貌地朝摊上的老人说道："奶奶，这里再来一碗馄饨，六块钱的那种。"

史奶奶戴着老花镜，仔细打量这个男生，慢悠悠询问："这是哪家的帅小伙哟？"

高长月吸吸鼻头:"奶奶,他叫孟明朗,是我……是我和小呆刚认识的朋友。"

"哦……"奶奶把尾音拖得长长的,"既然是你们的朋友,那吃馄饨就不收钱了。"

孟明朗一听,立马摆手回:"奶奶,您也听了,我们刚认识,关系啊,也就一般般。您开门做生意,钱还是要收的。"

奶奶被他三言两语逗笑了,高长月和小呆也被他说得一愣,但看见奶奶笑得开心,也跟着笑了起来。

随后高长月又小声问了一遍:"你怎么会来这里?"

孟明朗递给她一沓东西:"在你们学校饮品店等你的时候,碰到你室友林辛,这是她让我带给你的,说是作业,周一要交。"

见高长月接过那沓皱巴巴的纸张不说话,他又补充:"你家地址也是她给我的,这不是刚走到这儿就看见你了嘛。没关系,你不用内疚,不就是没准时赴约,又偷着吃了碗馄饨的事情,你红什么眼眶呢?我又不怪你,等我也吃一碗馄饨,咱们就两清了。"

"谁哭了!"高长月嘴硬。

孟明朗看着她的样子,忍着笑说:"雨过天晴,一起如约喝杯热奶茶,再顺便兜个风,怎么样?"

那句"雨过天晴"不知道是在形容此时的天气,还是在形容她此时的心情。

高长月深深看他一眼,默许了。

小呆一直默默站在不远处听两人对话,对于这个提议,她没有发表什么意见,帮奶奶洗过碗,得到准许后,跟着两人一起去玩了。

车是孟明朗从租车行租来的,一共三辆,三人骑上之后先去了高长月的学校,喝过热奶茶之后又绕行到丽水河。那里的河堤边是一条长长的护河大道,两旁的白桦树都比其他路上的要高大整齐许多。

三道年轻的身影在冬日暖阳下并排骑行,男孩粗硬的短发和女孩细柔的长发都被风吹得凌乱。

趁孟明朗加速骑出去一段距离时,小呆看一眼与自己并行的高长月,说:"你这朋友交得不错,心细,人也挺好。"

高长月侧侧脸颊,边想边说:"嗯……还行,他以后也是你的朋友了,咱们仨一起。"

冬日的阳光不似夏天里那样燥热,洒落在人身上,伴着骑行迎面而来的冷风,恰好。

他们那时都不知道,好朋友可以三个人一起,可恋人之间,三个人哪能行。

周末两天,这对母女没再说过一句话。之后的一周,高长月窝在宿舍里没回家,直到周六,她回家拿些换洗的衣服,高满不在家,不过留在锅里热乎乎的莲藕排骨汤算是两人和好的契机。

其实一家人哪有什么隔夜仇,上周出发去学校之前,高长月就在随身的小包里发现两百块钱,是高满偷偷放进去的。

这两人都是倔脾气,别别扭扭,谁也不愿意先开口说话。高长月用那些钱买了高满表示过喜欢的那块宝蓝绒围巾,整齐叠好之后,悄悄放进了母亲的衣柜里。

喝完排骨汤之后,高长月心情愉悦,收拾好衣服,顺便再用保温盒打包一份带回学校。

没想到刚进学校门口,就碰见教务处的老师,他身边还站着像是一家子的三个人。

滨城艺术学院的教务老师姓黄,是一个人到中年还保持着健硕身形的男人。他远远看见高长月,便扬着手招呼道:"小高同学,快过来,快过来。"

高长月管着学校琴房的钥匙,平时和这位教务处的黄老师打过不少交道,两人算得上熟络,只不过今天这场面,在她看来太过热情,估计没什么好事。

她乖乖走过去打招呼:"黄老师好。"

"哎呀,小高同学,"黄老师乐呵呵地拍拍她的肩膀,"你的事迹啊,我都听两位家长说了,你一直就是个好学生,是我们学校的骄傲啊!"

高长月一手拉着书包带,一手拎着汤,整个人愣在原地。

"姐姐,你还记得我吗?"

比她矮半个头的小姑娘从爸妈中间走出来,怯怯懦懦地站上前问了这么一句。

高长月有点儿蒙,小姑娘看起来一副机灵样,立马提醒:"大概半个月前,丽水河的那场冰球赛上,你救过我。"

话听到一半,高长月就已经想起来了,看小姑娘父母手里拿着一面锦旗,还有黄老师异常热情的态度,她大概明白过来怎么回事了。

"当时我也没帮上什么忙,救你的人……"

"我知道,听护士姐姐说过了,还有个哥哥,你们一起救的我。"

小姑娘抢着打断她的话,此时一直站在旁边的两位长辈也开腔了。小姑娘的妈妈手上抱着高长月当天脱给自己女儿的外套,语气和善地说:"在医院里就听护士们讲过,说那小伙子大冷天的,脱下外套就往水里跳,把我女儿救上了岸。后来又来了个会急救的,两人没一会儿就让我女儿喘上气了,我真的……我们一家都要感谢你们见义勇为,要不是你们,我女儿……"

话到这里就开始哽咽,高长月立马开口安慰:"阿姨您别难过,人没事就好。"

情绪稍微稳定后,阿姨把手里的衣服递过去,说:"我们啊,找了好几天,才想起来看看这件衣服,没想到是你们的校服,上面还有你的学校和名字。这不,今天孩子她爸就带着我们过来,特意给你和学校做了锦旗,表一下谢意。"

"对对对,这种英勇事迹啊,是该表扬表扬,等校方大会,我一定向上反映,对咱们小高同学进行全校表彰。"黄老师站在一旁搭腔。

遇他时春风和煦

高长月接过校服,心里有些虚。她那天就是因为小呆,才急忙赶过去,要说什么英勇救人,都是孟明朗的事。

不过好在校服和校徽都完好无损,也省得她再花钱去补。

想着人家已经找上门来,自己再推脱也不好,高长月便顺着话茬往下接。

"都是学校教导得好,特别是黄老师,您平时在学校里不就经常帮扶大家嘛,连我们院里修剪草坪的老大爷都常常夸您比女老师们还心细,又善良。我们这帮学生耳濡目染,不见义勇为都不行。"

黄老师被一顿猛夸,心花怒放,笑得嘴都咧到了后槽牙,乐呵呵地拿着给学校的锦旗回教务处了。

最后还是小姑娘的爸爸想起来问问救自己女儿的另外一个人,孟明朗当天救人之后什么都没留下,他们自然找不到人。

高长月却阴错阳差和孟明朗成了朋友,她带着那一家三口直奔隔壁的医学院,在电话里不方便多说什么,所以在校门口碰面时,孟明朗也蒙了。

"这是……"

"喏,"高长月往旁边站开,用眼神指指那个小姑娘,"你在丽水河救过的那个小妹妹和她的家人,专程是来感谢你的。"

交流的过程和刚刚一样,表达谢意,送上锦旗。孟明朗也就刚开始蒙了一会儿,之后全程淡定,礼貌地应对着那一家三口。

其间高长月偷看了一眼他的那面旗子,上面写的是"少年英雄""英勇救人",倒是比自己那个"见义勇为"更贴切些。

等好不容易送走那家人,就在高长月觉得自己可以原地解放的时候,从寥寥几个围观学生里走出来一个男生,肩上扛着一个大大的军绿色布包,他迅速拦下要走的两人,说:"哎,哎,两位同学先别着急走。"

大概着急的人是他,拦的时候无意间伸手抓住了高长月的手臂。孟明朗把视线从锦旗上撤回来,不动声色地上前,把那个男生的手从高长月手臂上拿开。

"有事吗?"孟明朗先开口,语气有些强硬。

那个男生也立马意识到自己有些鲁莽,收回手急忙说:"别紧张,别紧张。自我介绍一下,我叫何玛,是咱们医学院学生记的成员,刚刚我碰巧路过,把两位的情况听了个大概。是这样的,我们最近正好想做一个见义勇为的专栏,想问问两位能不能把你们救人的事件作为素材提供给我们。"

"学生记?"

高长月没听说过学校里还有叫学生记的组织,就顺口表示一下疑问。叫何玛的男生笑呵呵解释说:"就是校报社团,我们成员私下给社团取了个名字,就叫'学生记'。"

"那可以呀,我没什么意见。"

反正又不是她的学校,上报不上报的,对她来说好像也没什么影响。

遇他时春风和煦

高长月十分爽快地答应了,一旁的孟明朗反而没有要开口的意思。何玛把目光转过去,想了几秒,决定先套近乎。

"我没记错的话,这位同学是不是校冰球队的那个……那个……"他看着那张脸努力想了想,随后一拍手,"孟明朗,对吧?"

高长月眼睛一亮:"咦?你也知道他打冰球?"

"我当然知道了,前几年我们学校刚组建冰球队,校方重视,让我们校报每周去做一期专访,他可是我们校报那几个女同学抢着要采访的对象。"

还有这种事?

高长月唰一下把视线转过去。顶着那道目光,孟明朗的脸竟然莫名有点儿发烫,他轻咳一声,说:"我们应该不同级吧?不然以前怎么没见过你。"

何玛挑着眉,笑说:"不同不同,我大四,你们临床的难兄难弟,药剂专业,如果我没记错的话,应该高你一级。不过你没见过我倒是真的,以前只要是校队的个人专访,哪能轮到我们这些男生出马?"

这下孟明朗是真没什么可说的了,以前也不是没上过校报,再扭捏就显得自己在找事了。

"你们校报的果然男女都一样,话多。"孟明朗把手里的锦旗递过去,"说吧,素材除了这面旗子,还要什么?"

何玛一听他同意,眉开眼笑的。

"嘿嘿，"他把递到自己面前的旗子推回去，"这种专栏，哪有单独拍旗子的，拍了放上去，也没人愿意看，现在的学弟学妹们，读报可挑剔了，所以得麻烦两位同学上个镜。"

他边说边拿下挎着的大包，放在地上打开，开始翻找东西。

高长月趁机撞了撞身边人的胳膊，学起黄老师的腔调，说："可以啊，小孟同学，没想到你这阅历还挺丰富。"

"还有更丰富的，你想不想听？"

她没经过思考，直接脱口而出："想啊。"

孟明朗斜着眼睛从她身上扫过，之后慢吞吞地开口："比如莫名其妙当了一回表哥，比如某个寒冷的日子，被一妙龄少女误闯休息室，看遍……"

"停停停！"高长月迅速打断，"我不想听了。"

"你们聊的什么妙龄少女？"蹲在地上的何玛头也不抬地问了这么一句。

高长月脸一红，好在脑子还算好使，立马转移话题："学长，你找什么东西呢，要不我帮你？"

"不用，我找到了。"何玛一手抬着相机，一手从包里摸索出三块布，"红、蓝、白……要不你们先站一块儿我看看，用哪个底色好。"

孟明朗上前随手一抽："就它吧，喜庆，还应景。"

"应什么景啊，"高长月拒绝，顶着脸上一团可疑的红晕不情

遇他时春风和煦

不愿,"我……我觉得就自然的背景挺好的,没必要专门弄这个。"

"同学,这你就不懂了,"何玛起身,拍拍手里的相机,"高级的设备就得配上专业的技术,细节也不能马虎。"

说话间,孟明朗已经找了门卫大叔帮忙举那块大红色的底布,高长月现在是不拍也得拍,完全是赶鸭子上架了。

突然有点儿后悔刚刚答应得那么爽快。

最终,两人在门卫大叔和何玛的完美配合下,手提镶金边的锦旗,以红布打底,拍了一张看起来还算自然的合照。

何玛拿到照片,打过招呼后心满意足地走了。

高长月在他走之前,凑过去看了看照片,她自己没笑太开,反而孟明朗笑得十分亲切,露着八颗标准的大白牙,亲和力能打个九十九分。

就是那大红色的背景略显扎眼,如果把两人手提锦旗的那部分给裁掉,怎么看怎么像……像结婚照。

疯了疯了。

高长月晃晃脑袋让自己清醒过来,转念一想,反正不是自己学校的报社,又影响不到她,顿时心里舒坦多了。她一手拿着锦旗,一手拎着排骨汤,礼貌性地随口一问:"你吃饭了吗?"

她们学校每周日晚上都必须到教室去点名报到,她是在家吃过之后才来的学校,现在早就过了饭点,自然以为大家都是吃过饭的,所以只是礼貌性一问,没想到孟明朗却迅速答一句:"没吃呢。"

高长月愣了几秒，掂了掂手里的保温盒，把给自己准备的夜宵递过去："你要不尝尝这个？我妈炖的汤，味道一级棒。"

如果说艺术学院的饮品店在大学城是爆口碑的店，那么隔壁医学院的园林设计就是整个大学城区的楷模范本，修剪规整的绿植和上百种花卉点缀在校区内，让这里更像是一处精心设计过的公园。

更有传言说，整个校区的各栋教学楼的位置也都是由大神级别的设计师设计过的，坐落在繁茂的树林花草之间，错落却不失高雅。有多少医学生都把这所环境与实力并存的学校作为终身的奋斗目标，就算毕业后不能留校，能在这里待上五年，也算圆梦了。

高长月听班里同学说过这些，更有和室友约过，说要来这里拍照，可直到今年大二，她们都没有踏进过医学院的大门。

所以当孟明朗带她走到离校门不远的一处湖边时，她惊讶了。

"你们学校的湖也太大了吧！"高长月不禁嫉妒起来，"这和我们学校的湖一比，就是湖泊与池塘的差别啊。"

孟明朗拿着锦旗和保温盒找了一条长椅坐下，缓缓说："这湖是原本就在这里的，只不过建校的时候，把它围了进来。"

"难怪，不然人工造这么大的湖，得费多少力气。"

孟明朗笑了笑，没有就湖这个话题往下接，他问："还想看什么？正好我晚上没课，带你转一圈。"

"你们学校还有什么好地方？先说来听听。"

"音乐喷泉、红枫林、情人桥、书香塔，"孟明朗往后一靠，

遇他时春风和煦

一副随你挑的样子，"对了，还有滨城最大的人体解剖研究室，你想不想看看？"

上一秒还沉浸在对美景的无限想象里，下一秒高长月就头皮发麻，她僵着脸："你疯了，我看那个干什么！"

不知道为什么，高长月总会忘记面前这个人所学的专业，他将来是要握着手术刀站上手术台的人。她瞥了一眼那双搭在长椅上的手，指节分明，修长白皙。大概是那周身的气质和医者格格不入，又或者是冰球运动员的身份先入为主，她总是不能把这两个身份融合在一个人身上。

"哈哈哈……"孟明朗大笑之后，又正经道，"开个玩笑。说吧，想先去哪里？"

高长月走过去一屁股坐在孟明朗旁边，说："我一会儿还要回教室点名，今天就不去了吧，等改天我带小呆一起过来，到时候你再给我们做向导也行啊。"

孟明朗一口答应："可以，不过得等到下学期。"

"为什么？离寒假不是还有一个月吗？"

"队里让集训，明天就走，期末也不回来了。"

高长月诧异："你们集训还能正大光明地占用课业时间吗？我听说学医挺累的啊，不光课多，实验也很多，你这样直接走了没什么影响吗？"

"影响不大，这种强制集训不常有，主要是因为明年有一场重要的比赛,所以校方也很支持,辅导员会提前帮我和教务处申请,课程下学年补上就好。"

孟明朗整个人靠着椅背,长腿以十分舒适自然的姿势落在长椅前的石板路上。他望向近处的湖面波光,语气平淡,不紧不慢,仿佛只是在说一件极其寻常的事情。

可高长月知道,一个人如果想把两件事情都做好,那就要付出比别人多一倍,甚至是几倍的精力和代价。她虽然没有特意了解过冰球这项运动,但是从以前看过的许多场比赛中也能知道,这不是一项轻松容易的竞技项目。况且面前这个人,不是一个普普通通的冰球爱好者,他是已经被选入国家队的运动员,这说明在很久以前,他就能平衡学业和冰球二者间的关系,否则他无法取得如今的成绩。

就在此时,高长月好像又对面前这个人产生了一些别的看法,而不再只是之前那个"好人,好看"虚浮于表面的印象了。

她抠了抠手指,接上话茬:"那要去多久?"

"三个月,下学期开学你就能见到我了。"

孟明朗突然转过头来,黑曜石般的瞳孔似乎把湖面微微荡漾的波光一起带了出来,撞上身边正定定地看着自己的那双眼睛。

高长月迅速避开他的目光,莫名有些心慌,以至于她鬼使神差就问了心里最好奇的那个问题。

"你为什么选了一个最累的专业,又决定去打冰球,还进了国家队呢?"

在高长月看来,打冰球这种竞技体育项目,就该是体育学院那

帮从小就投身体坛，念书也不上心，大部分时间都花在训练上的人的选择，很少有人会像他一样，把自己放进一种需要两头兼顾的生活状态里。

但她不知道的是，在孟明朗的世界中，这种状态才是他最骄傲，也最舒适的生活方式。

问出的问题没有得到及时的回应，高长月偷偷瞥了他一眼，发现孟明朗又把目光转向湖面，默不作声。她心里没底，但隐约在这种怪异的沉默中嗅到一丝别样的情绪，就在她想怎么开口打破这种沉默的时候，孟明朗突然张开双臂，伸了一个大大的懒腰，嘴里打着哈欠，含含糊糊地说："可能因为我比较聪明，这个专业对我来说，挺闲的。"

"啊？"高长月惊讶了，就没见过有人这么赤裸裸地夸自己。

见她这样的反应，孟明朗眼角夹着打哈欠留下的点点泪花，哈哈大笑起来。他看她一眼，止住笑声，才正经地答道："今天好像开的玩笑有点儿多，你都别当真啊！我学医是因为家里有人从事这一行，顺其自然地就往这个方向发展了，而打冰球是因为我爸。这两个都只不过是单纯地想做一个家人眼里优秀的人而已。"

原来是为了讨家人欢心。

不知道为什么，高长月从心底里有些抵触这样的原因，大概是因为高满一直以来希望她做的，并不是她所喜欢的，所以心里不知什么时候埋下了这样的抵触情绪。

不过她还是精准地抓住了重点，问："你爸？"

"嗯。"孟明朗点点头，语气竟突然有些低沉，"我爸，一个离我很远很远，但同时也很近很近的人，我想在冰场上追逐、战胜他。"

高长月这时候还注意不到面前的人为什么在一句话里要连用两个叠词，她晃晃小腿，语气要比他轻松很多："原来你爸爸也打冰球，那意思是你现在还打不过他喽？"

"打不过，不过我想应该快了。"

"喊！"高长月开始不正经，"全天下的父亲都不会轻易输给自己孩子的，你还是趁早多练习练习吧！"

孟明朗把手往后脑勺上一枕，懒洋洋地道："这不是明天就要去了嘛。"

"加油，加油。"高长月敷衍一句。

气氛就这样安静了几秒，之后高长月又开口问："那医学和冰球，都是你喜欢的吗？"

孟明朗想都没想，脱口而出："目前来说，这两个是我最喜欢，也是我最愿意花时间去研究的行业。"

听到这个回答，高长月仿佛在心里长叹了一口气，她在想自己怎么就没有这种劲儿来顺从高满的安排。

想着想着就忘了往下接话，给了孟明朗反问的空隙，他问："那你呢？现在学的专业是你喜欢的吗？"

遇他时春风和煦

  他把手放在身前随意做了一个弹钢琴的姿势。高长月被这个问题给问住了,所以根本没留意他是怎么知道自己学什么专业的,她愣了好一会儿,才磕巴着回:"喜……喜欢啊。"

  此时的天刚刚开始暗下来,四周仿佛被蒙上一层淡淡的烟灰色,高长月的视线慌张地撞上孟明朗看过来的眼睛,浓密的睫毛下,像是蓄着某种力量,她一碰就掉了进去,谎言在那双瞳仁里无处遁形。

  高长月竟然在这一瞬间神奇地发现,面前这个人似乎拥有某种能看穿自己内心的能力,所以她在撒谎之后,慌神了。

  眼角余光瞟到长椅上那个保温盒,高长月很快地抱过来,"咔嚓"一扭,打开:"你快把这个汤喝了吧,还热着呢。"

  孟明朗看着她,点点头之后,才转开视线接过保温盒。

  "莲藕排骨?"

  香味在小范围内扩散开,高长月脸上的不自然瞬间转变成小骄傲,炫耀似的说:"我妈最拿手的菜,今晚算你有口福。"

  "这么巧,"孟明朗喝了一口,"我外婆最拿手的菜系里,也有这道,有机会带你去尝尝。"

  "可以啊,你外婆也在滨城吗?"

  孟明朗含着一块藕,鼓着腮帮子答:"没有,她在老家,在冬乌镇。"

  "离这儿远吗?"

  "还好,车程不到六小时。"

  高长月仰着下巴,心想,这还不远?来回就得一天,看来这汤是没机会喝了。

两人一阵闲聊，时间过得飞快。一看手机，马上就要到点名时间了，高长月匆匆收拾好保温盒，胳肢窝里夹着"见义勇为"的锦旗，一路小跑着往学校赶。

后来高长月的确有好长一段时间没见到孟明朗，倒是有好几次在学校周边碰见何玛背着相机东拍拍西拍拍，一来二去，两人就熟络了。

有一次，何玛见她带着寝室的两个姑娘在校外溜达，非要请她们吃饭，其实是见人家室友林辛长得清秀，想借机套近乎而已。

高长月也不傻，当送个顺水人情就去了。

饭吃到一半，何玛突然想起什么，掏出手机搜索了一会儿，递给高长月："给你看看，上回你和那个明朗学弟的救人事件，在我们学校的校报论坛上，阅读点击量快超过两万了！"

"救人？"

"什么事件？"

身边两个室友同时发问。

何玛嘴快说："她和我们学校一个学弟前不久在丽水河救了一个小妹妹，碰巧让我知道了，就拍了些素材整理后发到我们校报上，没想到热度竟然不小。"

林辛捂嘴惊呼："哇，我们寝室还出英雄了！"

另外一个室友叫黄琪，是学服装设计的，她也惊叹："这种好事，

遇他时春风和煦

你竟然连咱们几个都瞒,过分了啊!"

高长月耳朵一红,眼睛胡乱地向手里的手机屏幕上扫两眼,再递还回去:"你快吃你的东西,少说话。"

有林辛在,何玛似乎也没那么多话了,他嘿嘿一笑,没往下接话。高长月三两句就把室友的追问给应付过去了。

吃过饭的第二天是周末,高长月收拾东西回家了,下午的时候小呆拎着一篮子菜来她家,说是要一起做晚饭吃。

高长月挺高兴的,自从上次和高满闹矛盾过后,两人之间的交流似乎都夹杂着一层薄薄的疏离感,小呆来了,正好可以缓和一下这种关系。

高满早早把茶室的门关了,回家开始做饭,高长月和小呆两个人在旁边打下手。切菜的时候,高长月时不时会问一声:"妈,我这样切可以吗?"

忙碌在灶台前的人听到会回头瞥一眼,点点头,再从喉咙里"嗯"一声,表示可以。

小呆和奶奶整天都要守着馄饨摊,很少有时间做饭吃,大多数时候到了饭点,就煮一碗自家的馄饨凑合吃。今天高满下厨,烧了小呆奶奶最爱吃的红烧肉和冬瓜汤,装饭的时候,高长月眼尖,看见一块好肉,连忙提起筷子夹过去:"这块肉肯定是奶奶的最爱,肥瘦相间,软糯易消化。"

小呆把饭盒移开,不让她放进去:"够了够了,奶奶血糖偏高,红烧肉不能多吃,这里面已经有两块了,再多她该贪嘴了。"

"好吧。"高长月撇撇嘴,手里夹着那块红烧肉在空中晃悠两下之后,稳稳地落在了高满的碗里,"那这块最好的肉,就给全天下厨艺最好的女人吧。"

高满把头从碗里抬起来瞪她一眼:"不怕小呆奶奶贪嘴,就怕你贪嘴,赶紧坐下来吃饭,别耽误小呆去送饭。"

"阿姨真厉害,随便出口一句话,都能押上韵。"小呆笑说。

高长月在一旁也跟着笑,高满假意拉下脸来,说:"你们两个小丫头,今晚不把厨房收拾干净不准睡觉。"

高满有一个优点是做饭好吃,还有一个缺点,就是厨房黑手,每次做饭之后,厨房都一片狼藉。高长月和小呆对视一眼,两人大概能想到今晚有一场"硬仗"要打。

上次矛盾之后留在这对母女之间微妙的疏离感,似乎在小呆的介入下完美消散,母女俩重归于好。

晚上,小呆帮奶奶把摊子收回家后,又跑来高长月家和她一起收拾厨房,收拾干净之后就留宿在好友家了。

高长月先洗漱完毕,等小呆把头发吹干,一进房间就见她拿着手机躺在床上,痴痴地看着。

小呆往她旁边一躺,凑过去问:"你看什么呢,呆愣愣的?"

"我跟你说件事,"高长月捧着手机回头,"上次在丽水河边,我和孟明朗救人那事你知道吧?"

遇他时春风和煦

"嗯,我知道。"

"前不久,被救的那个小女孩她家人专门来学校致谢,然后这事就被医学院有个负责校报的学长知道了,他拍了我和孟明朗的合照做了专栏报道,然后你猜怎么着?"

小呆看她神神秘秘的样子,有些摸不透:"怎么着了?"

高长月拿起手机,把那张照片递到小呆面前,说:"学长说他们学校校报论坛有两万的点击量,我刚刚才想起来去看看,就这张照片,你看孟明朗那标准的八颗牙微笑,论坛底下竟然全是夸他帅、夸他课业成绩好,还是体委破格录取的冰球小将,前途一片光明之类的评论!"

小呆更疑惑了:"怎么了,这不是挺好的嘛,被人夸又不是被人骂。"

"我觉得不好。"高长月收回手机,气鼓鼓的,"两万人,就没一个人提到我,难道我没救人、我不好看?"

闹了半天原来是在气这个。小呆笑了,安慰她说:"据我所知,喜欢逛学校论坛的九成以上都是女生,同性之间是没有吸引力的,她们多关注孟明朗这很正常。"

"真的?"

小呆非常真诚地点点头:"真的,你好看。"

突然被这么夸一下,高长月还有些不好意思,她捏着被角慢慢把头缩进被窝里,露出一双眼睛,示意小呆赶紧躺下。

"我总感觉孟明朗好像知道……"后半段的话以极其小的音量

溜进小呆的耳朵里。

小呆也压低声音回道:"应该不可能吧,会不会是……"

厚厚的棉被下,藏着两个少女夜幕下的窃窃私语,还有那些被捣碎,一点点揉进梦里的心事。

孟明朗和队员们还在深夜里坚持练习控球和打门的技巧。

冰球队这次集训很严格,余思久在郊区找了一块场地,里面集冰场、餐厅、健身于一体,队员们几乎两个星期才能出去转一次,平时没事就上冰练习。

二十多天下来,大家的体力和耐性都开始慢慢下降,偏偏这时候,有一支市俱乐部的冰球队上门踢馆,扬言要打败他们这支撑起国家队脸面的队伍。

队里成员纷纷被激起斗志,特别是齐雷,扯着大嗓门直嚷嚷:"这帮小兔崽子!明天非要让他们知道,穿着冰鞋被打是啥滋味。"

"就是!大家挺住,今晚加油练习,明天要他们好看!"其他队员纷纷附和。

看着冰场上那一群斗志昂扬的人,余思久斜靠在场外的护栏边,轻哼一声,说:"这些家伙,你不赶他们一下,他们就不会往前走,非要等到别人打上门来,才有危机感。"

一旁的杨助教笑声爽朗:"男人嘛,谁还没点好胜心,我相信咱们只要把常规的训练抓紧,打比赛的时候不散团,这支队伍就不会差的。"

"我就怕……"余思久略有停顿,"我就怕时间一久,他们一旦散漫起来,会发展到不可控的地步,那就废了。"

"放心,在你余教练的手下训练,谁敢偷懒?况且……"杨助教把视线投向那道在场内提杆速滑的身影,"咱们队里,有队员看你的眼神不大对。"

余思久也顺着他的目光看过去:"你说孟明朗?他能有什么不对劲?"

"坚忍、深邃,那双眼睛里藏着一种要超越你的决心,你看他挥杆打门的姿势,和你当年多像。"杨助教嘴边挂着笑,眼睛没有离开过那道身影一刻。

余思久并没有注意到后半句话,他把一旁放着的保温杯拿在手里,闷声道:"这个小孩儿,我对他印象不错,刚从学校里选出来没多久,基础差是差点儿,不过有劲儿,能吃苦,多练练就好了,年纪也还小,时间多着呢。"

杨助教点点头,表示赞同的同时又有些忧虑:"他好像在训练上太急了,这个你应该也能感觉到。"

"是有点儿急于求成。"余思久沉声道,"可能年纪小,不明白有些东西不是急就可以的,你找时间去跟他聊聊。"

"嗯,希望他能沉住气,将来在体坛能有一番作为。"

两人在场外站了好一会儿,大概将队员们的状态都观察完一遍之后,转身去了教练休息室。

　　场内练习的队员们也在将近凌晨时,三三两两下场,回到寝室熄灯睡觉。

　　第二天,市俱乐部那支队伍很早就到场地候着了,还在餐厅吃着早餐的一众队员听说对方人已经到场,全都放下餐盘往更衣室跑。余教练已经在场上和对方的教练寒暄上了,队员们快速换上装备,一个一个紧挨着滑进冰场。

　　听说对方带了自己的解说员来踢馆,这边的队员刚上场,广播里就响起了介绍的声音。

　　"先为大家介绍一下本次踢馆赛的双方队员,场上身穿蓝色队服的,是我们冰雷俱乐部的雪狼队,他们今天即将挑战的是场上身穿红色队服的滨城体委的双龙队,这两支队伍近年来在冰场上的表现都非常优秀……"

　　"果然是人家带来的解说员,连介绍都要把自家队伍排在前面。"齐雷冷笑着吐槽。

　　身边的队员安抚他:"咱们的最强守门员,你可得淡定,待会儿一个球都别让他们进。"

　　齐雷咧着嘴说:"保证完成任务!"

　　比赛开始前,余思久退到场外,候补的队员在比赛开始前也纷纷退出冰场,场上双方都只留下一个守门员和首发的五个队员。

　　冰球比赛每场每队上场队员是六名，分别是三名前锋、两名后卫和一名守门员。

　　双龙队的首发队员，守门员是九十六号齐雷，中锋是二十三号金帅，左右两名前锋是八十三号孟明朗和九号杨名羽，左右两名后卫是十二号刘智林和六十九号苏岑。

　　随着裁判手里的球在开球点落地，一声清脆的哨音拉开了比赛的序幕。

　　中锋金帅率先抢下球，挥杆一击，冰球以极快的速度滑行，两边的队员开始在场内交锋。右前锋杨名羽接过冰球，在带球滑行的途中不小心被对方前锋截杀，球被带过蓝线，攻入这边主场后，对方前锋并没有选择带球深入，似乎是想远射。

　　解说："这边是雪狼队进攻，十二号杨浩带球，他在进入对方主场后选择远射，动作非常果断利落。"

　　解说的声音刚落下，球已经脱离球杆，向球门飞去。

　　刘智林和苏岑在自家球门附近防守，可面对远射球的速度，他们根本来不及阻拦，冰球在空中以半圆的弧度直射球门。

　　每场冰球比赛的第一次有效射门和首球，对双方比赛队员来说都比较重要，拿下一球，则士气大涨；首失一球，难免会增加压力。这次比赛刚开场两分钟，就让对方拿到一次有效射门，双龙队成员几乎都揪着心在关注着场内情况。

　　这颗球，既有人希望它进，也有人希望它不进。

　　所有人的目光都在追寻着那颗直径约为八厘米的小球。齐雷微微躬着身,双手高举过头顶,眼睛紧紧盯着前方。就在那零点几秒的时间里,他目光随着那颗球迅速调整,只听砰的一声,他用身体在门前拦下对方的远射球。冰球在门线前落地,他迅速趴下,用双手紧紧将球按住,防止对方补射。

解说:"很可惜啊,球没进,双龙队的守门员,九十六号齐雷,用身体挡下了这一球。"

场外的两队观赛队员有人欢呼有人愁,靠齐雷较近的一个候补队员朝他喊道:"雷哥,好样的!"

齐雷转头瞟了一眼,还来不及回应什么,裁判吹哨,比赛继续进行。

中锋金帅再次快对方一秒抢下球,他带球直接越过红线,避开对方跟上来的中锋后,挥杆把球传给距离对方球门更近的孟明朗。对方两名后卫的注意力都放在防守金帅上,导致传球后自家场内出现空位,孟明朗十分敏捷地挥杆接球。

眼看自家队伍防守出现纰漏,雪狼队的教练在场外干着急,连忙提醒:"后卫后卫!注意门前,给我回来抢球!"

解说:"双龙队的中锋在抢下球之后,毫不犹豫地选择传球,而他们队伍前锋的所在位置非常具有优势,雪狼队场内空位了!"

趁着对方反应的空当,孟明朗带球直冲球门,挥杆打门。

解说:"漂亮的一杆打门,球进了!"

场下双龙队的十五个候补队员一阵欢呼,余思久却抱手站在一旁,脸上没什么表情。他一向只注重结果,因为在竞技赛场上,比赛结束之前,每一秒都充满着变数。

解说:"进球来自双龙队八十三号选手孟明朗。"

首球被孟明朗拿下,雪狼队压力不小,对方教练趁空当换下场内两人。

冰球比赛一共设有三局,每局二十分钟时长,是一项非常耗费体力的比赛,所以在比赛期间,教练可以随时对上场队员进行替换。在裁判重新捡球开场期间,余思久也把体力透支较多的中锋金帅给换下了。

他对着场内指挥道:"杨名羽,你去中锋抢球。"随后又在候补队员里挑了一个上场,"赵建,上场,打右前锋。"

两队队员都进行调整后,新一轮比赛开始。

这次作为中锋的杨名羽抢球速度比不上金帅,被对方率先带球之后,双龙队处于防守状态,重新换上两名队员的雪狼队进攻一次比一次猛,两队在场内的战况开始胶着起来,直至第一局的比赛结束,场上的比分依旧是之前的一比零。

双龙队暂时领先一分。

十五分钟之后,第二场比赛开始,这次雪狼队刚开场不到两分钟就进了一球,比分被追平。

在两队势均力敌的情况下,杨名羽从对方前锋手里截到球,孟明朗和赵建两人立马跟在他身后一齐冲入对方防守区,迅速调整位置后，三人在球门前形成一个三角形状。

此时对方的两名后卫开始围堵杨名羽，杨名羽挥杆一击，球被传给孟明朗。孟明朗目前所在的位置无人防守，借机打门，可对方两名前锋反应极快，不等他有所动作，立马转向围截。

被两人围堵，孟明朗带球稍显吃力，此时与他位置相反的赵建正在用杆敲打冰面，示意传球。可孟明朗似乎没注意到赵建发出的信号，还在独自带球突围。

"传球啊，传球！"场外有队员提醒。

奇怪的是孟明朗依旧没有选择传球，而是在绕过一名对方成员后，在极不利于打门的位置直接挥杆。球快速在场内滑行，从对方守门员双膝间的空隙穿过之后，和球门的门栏相撞，被反弹回场内。

球没进。

之后的赛程，同样的情况再次发生，孟明朗又连续两次单独带球打门，球和球门都擦肩而过，不是被守门员扑出来，就是错开门栏，滑到后场。

此时连余思久都坐不住了，站在场外指挥："孟明朗！注意传球，多打配合！"

孟明朗听到声音，抽空往场外看了一眼，可对方队员并没有给他更多时间，立马速滑过来抢球。赵建在场内调整好位置，站在对方身后，又一次击打冰面示意传球。

带着球被对方两名队员围堵的孟明朗第四次无视赵建的传球信号，努力绕开身边两人后，迅速带球进攻，单刀入场打门，可惜再

一次被对方守门员拦截。

很快有人意识到,几个回合下来,面对赵建的场上沟通,孟明朗几乎是零回应。

解说:"冰球是一项团体运动,个人战只会错失更多机会。"

余思久注意到孟明朗在场上有太多明显失误,如果再这样下去,双方队员都会迅速耗光体力,拿不到有效得分。

在孟明朗第五次无视赵建的传球信号之后,余思久朝场内大喊:"孟明朗下来!"

解说:"这边双龙队换了一个人。"

候场队员迅速滑入赛场,比赛正常进行。

"去休息室给我坐好,这场比赛不用你再上场了!"余思久语气里压着几分火气。其他队员也不敢出声,一双双眼睛全都盯着刚刚被叫下场的人。

孟明朗听到这话,也不多说什么,单手解开头盔,十分利索地拿下来,边擦着额头的汗,边进了休息室。

吧嗒一声,门被关上了,室内室外一个安静,一个喧闹,仿佛那一道方方正正的小门,就能阻隔一切。

孟明朗刚进去没多久,第二场比赛也结束了,双龙队在最后关头拿到一分,追回比分。

等第三场比赛结束,双龙队以五比三的比分,打赢了本次踢馆赛,用队员们私下的话来讲,就是保住了擂主位置。

整场比赛结束时，全体队员上场交流握手，颁发 MVP（最有价值球员）奖，孟明朗被排除在外，独自一人在休息室内等。

所有流程走完之后，余思久被对方教练叫走，两人在场内一个角落里不知交谈些什么，队员们纷纷回到休息室，孟明朗正坐在靠边的位置上，手里拿着抹布擦拭自己的球杆。

"明朗，你今天怎么回事？咋不传球呢？"齐雷一屁股坐在他身边。

此时赵建刚好走进休息室，他看了两人一眼，径直朝那个方向走过去。齐雷平时这么大老粗的一个人，此时都感觉到了氛围略显尴尬，他嘿嘿一笑，也不等孟明朗回答，就往旁边挪开了。

赵建走过去，居高临下地看着低头擦拭球杆的人，问："你是不是对我有意见？"

周围的十几号队员都非常自觉地忙自己的事情，不作声响。

隔了好几秒，孟明朗才慢吞吞答一句："我没意见。"

"没意见？我在场上五次问你要球，你都装作没听见，这也叫没意见？"

赵建语气开始急促起来，可偏偏孟明朗似乎没什么要认真解释的态度，他把擦拭好的球杆放在一边，起身往对面的装备架走去，边走边说："周围太吵，我在场上没听见你要球。"

"孟明朗，你别太过分了。"赵建突然加重语气，"你不要以为你半道出家打冰球，还能被国家队破格录取，你就是什么天才级别的人，队里谁看不出来，你明明就是想自己单刀进球，想自己出

风头!半道出家就是半道出家,连半点团队意识都没有,你有什么资格留在国家队?"

很多时候,在对方原本就生气的情况下,你越是平静理智,似乎越能激发对方的怒气,比如此时此刻孟明朗过于冷静和礼貌的回答,就把赵建原本不平衡的心理转化成了对孟明朗的怒火与攻击。

对于很多从小就投身于冰球运动的运动员来说,他们的确会瞧不起那些半路出家的竞争者,因为两者之间付出的精力相差甚远,努力程度也不一样。

这一点,孟明朗很清楚,他所在的这个队伍,九成以上的队员都是从小就开始练习冰球的,每个人内心多多少少对他都会有一些意见,只不过大家同在一个队,也都是成年人,很多时候他们都选择看破不说破。

正是因为这中间的道理他都能想明白,所以一开始他并不想把事情搞大,只是偏偏在那一堆攻击的话里,恰巧有一句深深地戳中了他的痛处。

"我有没有资格留在这里,不是你说了算的。"孟明朗回头,眼睛牢牢盯着赵建。

在大家的印象里,孟明朗一直是一个性格不那么鲜明的人,他说话时而幽默,时而正经,大多时候和队友们都是很随和舒适地沟通交流,所以当他这句话一出口,休息室里的人都有些吃惊,包括赵建。

可男人啊，特别是运动员出身的男人，哪有人会轻易服输。

赵建以强硬的态度迎上那双看过来的眼睛，气冲冲地回道："到底是谁没有资格留在这里，咱们去冰场上比一比，谁输谁就滚出国家队！"

"这可是你说的。"孟明朗说完，就把刚刚脱下来放在装备架上的冰球服取下来，准备穿上。

金帅离他最近，见情况不对，立马出手拦下准备穿衣服的孟明朗，打圆场："干什么，都是一个队的，较什么劲儿？"

其他人连忙附和："是啊，都消消气。"

"有什么事情，咱们心平气和地说，没啥大不了的。"

齐雷心粗，不过关键时刻也挺能抓住重点，他扯着嗓子嚷道："闹什么呢闹，要让余教练知道你们私下比赛，别说谁有资格谁没资格，两个都得走！"

齐雷这大嗓门刚落，休息室的门就被推开了。

"吵什么？"余思久拿着保温杯走进来，扫视了一圈休息室内的众人，"怎么回事？"

气氛瞬间变了，大家也都默不作声，没人站出来回答他的问题。

大伙都把目光投向走进来的余教练和杨助教，唯独孟明朗和赵建低着头，两人之间的气场和平时有明显不同。

余思久一眼就看出来了，不过他还是耐着性子再次开口询问："谁和谁吵架了？"

遇他时春风和煦

齐雷憋不住了，用比平时小了好几个分贝的音量回答："赵建和孟明朗……"

得到回应，余思久慢步走到那两人中间，语气倒比之前不让孟明朗上场要和气一些，他询问："怎么了？什么原因？说来听听。"

余思久明知故问，以他对赵建的了解，在叫孟明朗下场的时候，他就想到这两个人会闹矛盾，只不过比赛一结束，自己就被对方教练给留住了，匆匆结束对话后，才立刻赶了回来。

"教练，今天场上你也看到了，孟明朗连续五次在劣势的情况下选择自己单刀，不给我传球，虽然最后比赛没输，可这种行为，实在让人无法接受！"赵建开始抱怨。

这个情况余思久自然是知道的，所以他及时把人给换下场了，他现在来就是想把事情了解清楚。

"你还想不想成为主力？"余思久看着孟明朗问。

孟明朗沉默几秒后，语气坚定地回："想！"

"既然想，为什么不传球？"

孟明朗静静地站着，一言不发。

余思久看着面前这个个头和自己差不多的男生，一时摸不清这人在想什么。他其实对孟明朗不算了解，他们之间相处的时间不到半年，相比从十几岁就开始跟着自己的赵建，他太明白赵建的委屈。

赵建这个人，心思不重，可人很执拗，要想在他面前把这件事含糊过去，那是不可能的，所以今天余思久必须要找到一个充分的理由来说服他。

"既然这个问题你现在不想回答,那好,我换个问题,"余思久在孟明朗面前来回走了两步,停下来看着他,"冰球场上是几人为一队?"

"包含守门员在内,六人一队。"

"这六人是什么关系?"

"团队。"

"团队打比赛,应该怎么打?"

"无缝配合,团结一致。"

"很好。"余思久面无表情,继续说,"那我再问你,一支球队中,光靠某个成员突出的个人能力,这支队伍能在体坛走多远?"

"寸步难行,毫无发展。"

余思久认同地点点头,之后把话题又重新带了回去,说:"大家都知道,你进队的时间不久,和队友之间的'团队合作'还需要磨合,可我相信大家也都能看出来,你今天在场上的行为跟团队并没有什么关系。既然我刚刚问的几个问题你都心知肚明,为什么在场上不配合传球?"

面对这个问题,孟明朗始终保持沉默。余思久等待了几秒,明显开始难以抑制住心中的怒火:"想单刀,想表现自己?还是你自以为能掌控比赛节奏,光靠你一个人就能带领队伍走向胜利?"

见余思久语气中开始带有压迫感,一旁的杨助教连忙开口说和:"这都是小事,没注意传球而已,怎么还上纲上线了?明朗,你跟

教练说一声,说你以后会好好配合队友,好好打比赛就行了,多大点事呢。"

杨助教在一旁拼命向队员们使眼色,大家纷纷开口缓和气氛,可孟明朗却什么都听不进去,脑袋里突然就嗡的一声,似乎全世界都暗了下来。

孟明朗原本一直微低着的头,在片刻后抬起来,装着那双眼睛的眼眶似乎因为隐忍压抑而有些发红:"既然教练您也是这么想的,大家又何必兜兜绕绕,像审犯人一样浪费时间呢?该怎么罚怎么训随您,我无话可说。"

孟明朗把"教练"这两个字咬得很重,无形间像是对权威的一种挑衅与反抗。周围人高马大的队员们瞬间安静下来,两个平时就胆小的队员甚至被吓得不敢大声喘气。

就连杨助教也被吓得不轻,他跟在余思久身边少说也有七八年了,还从未见过哪个队员敢这么挑战教练的权威。他悄悄瞥了一眼余思久,他的脸色似乎没有太大的变化,就在杨助教想轻轻缓口气的时候,听见身边的人低沉着声发话:"滨城体委,国家男子冰球队成员孟明朗,不服从训练安排,停训一个月,立刻执行。"

"教练,这……"金帅刚出声,就对上了余思久扫过去的眼神,硬生生把后半句吞了回去。

对于运动员来说,停训处罚相当于记大过处分,会给往后的职业生涯抹上污点。

几乎整个休息室的队员们都觉得罚重了，就算是故意不传球，想出风头，道个歉就能解决的事情，何必闹到被停训记大过？所以此时连赵建都开始有些动容，反倒是孟明朗，甩手把冰球服扔在一旁的椅子上，一句话不说，挺着腰杆，一个转身，决然地大步走出休息室。

赵建看他这样，怒气又上来了："看他这是什么态度……"

"怎么，你气还没消？"余思久打断他，语气冷淡，"你有能耐，去把人拎回来，打一顿？"

任谁都能听出来，这是句反话，赵建当然不敢再多说什么，乖乖闭了嘴。

余思久站在原地找了一圈，没看见人，开口问："陈楠呢？"

"她去食堂给大家订下个月的餐单了。"杨助教急忙回。

"叫她弄完回来，把孟明朗的队服和球杆收拾好，锁进储物柜。"

余思久交代完转身走了。杨助教呆在原地，断断续续地回："好，我，我一会儿给陈楠打电话……"

他后面"说一声"这三个字还没出口，余思久已经出了门，嘭的一声，休息室的门也关上了。

原本赢了比赛的高兴氛围被这么一闹，队员们一个个都高兴不起来了。

孟明朗回到寝室，没过几分钟就把东西都收拾好了。他来的时

遇他时春风和煦

候只带了一个书包和一个黑色的手提行李袋,所以走的时候,东西也不多。

提着包走出寝室的那一秒,他突然想起来被放置在书包夹层里的手机,已经快一个月没开机了,他们集训被要求不能使用一切电子设备,虽然期间也有其他队员偷偷打开手机放松放松,他却一直没有再碰过。

开机后两三秒,通知栏跳出很多消息,孟明朗边走边挑着看。

辅导员:"申请已通过,安心训练,有时间的话二十二号前来学校一趟,把申请资料补齐。"

小叔:"我亲爱的大侄子,最近在忙什么?"

江阿姨:"明朗,训练不忙的话,抽空给家里打个电话,你小叔从美国回来,明天的飞机。"

孟明朗定睛一看,江阿姨这条信息是上周一发的,这么说,小叔已经回国一周了。他正愁没有地方住,这下不但有地方住,而且还能住得很舒适。

手机屏幕变黑的前一秒,孟明朗看到通知栏最下面还有一条消息,内容是简单的六个字:集训还顺利吗?

发送者昵称叫"爱吃西瓜的长长长月",孟明朗想了几秒,才想起来是高长月。他们是在他出发来集训的前一天才加上好友的,这个 ID 对于他来说,还有些陌生。

想想刚刚发生的那些事情,孟明朗看着那条信息觉得心烦,不是烦这条信息本身的内容,而是烦在训练中并不顺利的自己。

他把消息全部看了一遍，却一条都没有回复。退出程序后，他找到小叔的号码，电话刚拨出去，通就被对面接通了。

"哈喽，我可爱的大侄子，怎么突然有时间给我打电话了？"

孟明朗眉头一皱："你还是叫'亲爱的'，我比较习惯。"

听筒传来一阵大笑："听说你被拉去封闭训练了，怎么样，结束了吗？"

"还没。你在家吗？我去一趟你家。"孟明朗把话题岔开。

对面似乎也感觉到这头的人情绪明显不高，所以收敛了语气，正经道："在，你过来吧。"

这几天各所大学陆陆续续开始放寒假，整个校区内的人流量突然少了一大半。艺术学院放假前一天，想着马上要有将近两个月的时间不能见面，林辛和另外两个室友拉着高长月出去玩到了凌晨。

第二天中午，高长月抱着一堆假期要用的东西走出校门，因为熬夜，眼神看起来十分呆滞。

孟明朗从队里出来径直赶到学校把资料补齐，蹲在校门口的石礅上等辅导员确认资料。原本他低着头在看手机，却突然听见一道悠长的哈欠声，之后先是看见一只白色的鞋，紧接着抬头，一张嘴巴和两个鼻孔夸张地张着的高长月从他眼前晃过。

"嘿，大表妹！"孟明朗仰着头打招呼，"打哈欠小心点，嘴张太大，下巴容易脱臼。"

嗯？

遇他时春风和煦

高长月哈欠正打到一半,被突然的一声"大表妹"给吓住了,她立马合住嘴,低头看到路旁的孟明朗。

"你叫我什么?"

"大表妹啊,"孟明朗笑得灿烂,"之前在训练场,你叫'表哥'不是叫得挺顺口的吗?"

高长月怒喝道:"请叫我高长月!当时情况紧急,你又不是不知道我为了什么?还不是为了还你丝巾,这个事你不准再提!"

原本情绪一直不高,见到她不顾形象张着嘴打哈欠的样子后,孟明朗整个人突然就轻松了,他起身,笑回:"好,不提了。"

"说好了啊,以后再提,就是有违君子之约。"

"行,君子之约。"

得到保证,高长月总算放心了。她这时才注意到他背着书包,脚边还放着一个大包,疑惑道:"你不是集训去了吗?怎么蹲在这儿?"

孟明朗收起笑容,说道:"回学校办点事。你呢,抱这么多东西要去哪里?"

他轻描淡写一句带过,高长月点点头:"我们今天放假,我正打算回家呢。"

"打车还是坐公交车?"

"我有'小毛驴'。"

就在此时,孟明朗手里的手机响起新消息提示,他看一眼,是辅导员回复资料没问题,于是他把地上的大包往肩上一扛,站在高长月身边，笑说："真好，蹭个车。"

……

最终因为由高长月来载一个大男生实在不妥，孟明朗把她的东西放在座位底下，把自己的书包扔给她，自己来骑车。

半途中，孟明朗边骑车边开起玩笑，说："没想到，你鼻孔还挺大，我一抬头……"

高长月抬手朝他背上拍了一掌，把后面的话给打断了，随后她两根手指抵到他腰间，威胁道："劝你最好把这句话收回，我妈掐人的手法我学了不少，上次就是因为她掐我，我才疼到把车骑上人行道，你要是再说，今天也让你体会一下疼得骑不稳车的感觉。"

孟明朗闷笑两声，乖乖闭上嘴。

把孟明朗送到他家附近，高长月又骑着车回到清风巷，经过巷口的时候，见小呆奶奶的摊子上人少，就打算坐下来玩一会儿。

隔着老远，她就开始喊："奶奶，您的小帮手二号将在五秒钟后抵达战场！"

小呆蹲在小摊旁择着大葱，听见高长月的声音立马抬头，两人相视一笑。

坐在凳子上熟练包着馄饨的奶奶反应要比小呆慢一些，等她慢悠悠抬起头来，高长月已经骑着车停到跟前了。

"真香！"高长月歪着身体凑上去对着那一盘馄饨闻了闻。

遇他时春风和煦

　　史奶奶一看是她,就眯起眼睛笑,语气也慢悠悠地说:"不帮不帮,不要你帮。今天人少,奶奶一点儿也不忙,你陪小呆聊聊天,说说你们学校里啊,都有些啥新鲜事。"

　　高长月一听,一脸苦相:"奶奶,我好不容易放假了,您就放过我吧,我还想好好潇洒几天呢,咱就不提学校了,好吗?"

　　"你这孩子……"

　　老人满脸宠溺地瞅了一眼。高长月傻呵呵地笑两声,随后把车停到一旁,跑到小呆身边,蹲下去捡起一把大葱就开始清理上面的泥。

　　"你兼职找得怎么样?"小呆边剥葱边问她。

　　高长月扒拉两下袖子,懒洋洋地回:"找到了,还是暑假做过的那家,我去问的时候,他家正好缺一个人,就把我凑进去了。"

　　"那挺好的,这次再去,你也算有经验了,总比重新找的好。"

　　"我也是这么想的,"高长月把择干净的葱递过去,"反正是兼职,凑合做吧。"

　　小呆接过葱放在身旁的水盆里,两人一边干活,一边闲聊。

　　高长月每个寒暑假都会找点兼职做,得到的酬劳大多都用来贴补生活费了。她所学专业的学费比其他类别的要贵很多,仅靠高满的那间茶室,负担起来很不容易。

　　小呆想起来问道:"那培训班什么时候开课?"

　　"课早就开了,"高长月用毛巾擦着手上的水渍,"只不过我的课排在了两天后，我还能'偷得二日闲'。"

高长月兼职的地方是一家钢琴培训中心，她在那儿也算不上代课，只是教小朋友练练琴，有不对的帮忙纠正一下，真正要上课，还轮不到她这种没毕业的学生。

小呆把葱搬到水池里开始清洗，动作麻利，嘴上却悠闲地问："正好这两天摊子上人少，你想去哪里玩，我陪你。"

说话的间隙，高长月已经找板凳坐下了，脑海里闪过滨城城郊好几个颇具盛名的景区，也没什么想去玩的欲望。正思考的时候，兜里的手机叮的一声，提示收到新消息。

她点开一看，眉开眼笑道："小呆，你说了要陪我的，带你去滨城最大的人体解剖实验室溜一圈，你去不去？"

"什么呀？"

看小呆被吓到了，高长月也体会了一把恶趣味带来的快乐，她笑着没回话，捧着手机回复：刚刚怎么不说？

对方回复：忘了。

在滨城西岸环境最雅致的一处高档小区内，孟明朗正躺在皮质沙发上感受着地暖带来的舒适。

开放的厨房区域，一个身穿海蓝色珊瑚绒家居服的男人正在往锅里下面条，咕嘟咕嘟翻滚的水汽蒸腾在油烟机附近。

孟明朗平躺在沙发上，双手高举着手机，看着屏幕上的对话窗口发呆。

遇他时春风和煦

厨房里,孟楠洛把面端上桌,叫他过去时问道:"怎么,训练出乱子了?"

孟明朗起身坐到餐桌前,回得利落:"嗯,被罚了,停训一个月。"

"怎么回事?"

"他说我自私,在球场上只想着表现自己。"说话间,孟明朗抬头,一双漆黑的眼睛在灯光照射下看似泛着少许水雾,"小叔,我是这样的人吗?"

孟楠洛皱着眉头回:"你当然不是了,他这不是睁眼说瞎话嘛。"

他成功地把孟明朗逗笑:"你都不知道我在冰场上做了什么,就敢信我?"

"你这更是说瞎话,我是你叔,我不信你,谁信你?"孟楠洛往对面递了一双筷子,话说完才意识到了什么,略微尴尬地转移话题,"你还没给家里打电话吧?"

孟明朗没有接话,而是皱着眉头盯着摆在自己面前的那碗面,假装不乐意:"小叔,你两年没回来,一回来就给我吃这个?"

"你别小看这碗面,"孟楠洛很正经地解释,"这叫重庆小面,在国外想吃还吃不到呢。"

孟明朗尝了一口,味道还不错。

见他不打算回答之前的问题,孟楠洛把筷子竖在桌上,用手扶着把两头对齐之后,就往嘴里送了一大口面,含糊中又问:"打算在我这里住多久?"

"可能一两个星期,也可能一个月吧。你别跟家里说,我怕江姨担心。"

"算你小子有良心,还知道家里会担心你。"孟楠洛抬头,目光透露出小小的担忧,"到底怎么回事?问题大不大?你一个人能摆平吗?"

接连三个问题,言下之意就是侄子若摆不平,他这半个家长就要出面了。

孟明朗非常平静地挨个儿回答:"小事,问题不大,能摆平。"

"那就行,有什么事要跟我说,别自己扛着。"

"嗯。"

他们约在了高长月去兼职的前一天，为了看到当天晚上的音乐喷泉灯光秀，孟明朗还特意把碰面时间安排在了下午。

高长月带着小呆出现在医学院门口的时候，孟明朗已经在那里等着了，隔着一段距离，能隐约听见他在跟校门口的保安大叔聊些什么。

听不太清，高长月快步上前，叫他："孟明朗，你们聊什么呢？"

孟明朗回头看了她一眼，之后又快速转回去，对着保安大叔说："那晚上就麻烦您了。"

说着，他从手上提着的小盒子里取出一杯热咖啡，递给保安大叔，大叔也不客气，直接伸手接过去。

此时高长月已经走到跟前，小呆跟在她后面，两人都穿着明黄色的羽绒服，但因为头发一长一短，极其容易辨识。

"你们聊什么呢？"高长月追问道。

孟明朗转身过来，从小盒子里又拿出两杯热奶茶，给她俩一人递了一杯，答道："当然是聊该聊的事情。"随后径自朝校内走去。

遇他时春风和煦

高长月疑惑地回头和小呆对视一眼,小呆却有点儿心不在焉地朝她挤出一个笑容,上前拉着她去追孟明朗。

手里握着的奶茶还烫手,小呆感觉那个温度似乎沿着五指一点点暖进了心里。

小呆一到冬天就容易手脚冰凉,所以喝的东西总要比别人烫上许多,她还喜欢喝原味奶茶不放珍珠,这些只在上次他们三人一起去艺术学院喝奶茶时,高长月提过一次。

可现在她手里的这杯奶茶,侧边的贴纸上却明晃晃地备注着:原味热奶茶,不加珍珠,不要温,要烫一点儿。

这种在细节上被人额外关注的感觉,非常好,好到心也跟着开始发烫。

孟明朗轻车熟路地带着两人把之前说过的几个地方都走了一遍,每到一个地方,高长月都抢着要帮小呆拍照,说要带回去给奶奶看。

小呆十分配合,只不过姿势永远都是站得笔直,一只手搭在某处建筑物上,另外一只手缩在衣服袖子里,垂在身侧。

"小呆,看这里!"高长月举着相机示意正好走到刻着"学海无涯"的石碑前的小呆看镜头。

小呆正了正身体,往石碑旁边靠过去。

在连呼吸都能呼出白雾的寒冬里,西落的太阳清冷地偏挂在天边,小呆视线投在几步之外的镜头上,可能是黄昏的阳光依旧耀眼,她眼睛不由自主地往镜头旁边偏移了一点点,在落日余晖萦绕的光圈里,能看见站在好友身后斜挎着背包的男生,他和光同样耀眼。

晚饭是孟明朗带她们去吃的,在滨城最大的室内冰场旁边,是他们平时在这里训练时经常去吃的一家菜馆,味道并不算数一数二,可用队友们的话来说,这种家常菜,叫作"妈妈的味道"。

三人吃完饭再回到医学院,已经快八点了,天完全黑了下来,校门口只有一盏很亮的大灯和灯光下孤立的警务亭。

孟明朗走过去,敲敲警务亭的窗户,里面的人还是白天的那位大叔,他探出头看了一眼三人,说:"来了啊,进去吧,我一会儿给你们开闸。"

"好,谢谢叔。"孟明朗避开摄像头,从口袋里把刚刚从菜馆带出来的二锅头塞到大叔的手里。

大叔眯着眼睛笑,接过酒之后拍了拍孟明朗的肩膀:"你这小子,快进去,天太冷了,我只开五分钟啊。"

"五分钟够了。"孟明朗边说边带着身后两人溜进校园。

高长月这时才反应过来他刚刚为什么在走之前还要拿一瓶酒,她还以为眼前这个人是怕她和小呆冷,喷泉边正好可以喝酒取暖。

在和门卫三言两语的沟通中,相比年龄差不了几岁的两个小姑娘,孟明朗看起来处事要圆滑许多。

"原来你白天就在跟保安说这个呀。"高长月拉着小呆快走两步,追上他。

"不然呢?"孟明朗看一眼她,又环顾了一下此时灯光昏暗的校园,"又是假期,又是大冬天的,谁没事整天把喷泉开着?"

高长月被呛了声,随后提高音调压回去:"我还没问你呢,不是封闭集训去了嘛,这才不到一个月,你怎么就有时间出来了?"

"我说我闯了祸,不仅和队友发生冲突,还顶撞了教练,被强制停训了,你信不信?"

高长月对上那双看过来的眼睛,薄薄的单眼皮下是一双发亮的瞳孔,坚挺的鼻梁,她此时正在打量着他表情中细微的变化。

想起他之前跟自己开过的玩笑,高长月立马收回目光,快速应一声:"我才不信!"

她转过头看向一直跟在自己身边的小呆:"你信吗?"

小呆愣了一下,之后看看高长月,又看看孟明朗,小声地回了一句:"我……我也不信。"

"看,连小呆都不信你。"高长月扬着下巴,底气十足。

孟明朗笑了,他收回视线,边往前走,边用不大的声音说:"这次,我没有开玩笑。"

就在此时,伴随着他出口的那句话,距离三人不到十米的地方突然啪的一声,灯光大亮、音乐声响起,从地面喷出无数水柱,在半空中交汇后,又重重落在地上,溅起的水花因为各色的灯光照射,也随即变了颜色。

高长月没听见他说什么，只看见他被光照亮的半边侧脸和一张一合的嘴唇，所以当小呆惊叹着"好美"，独自往前走去时，她提高音量问："你刚刚说什么？"

"我说，"孟明朗转头看着她，也提高了音量，"喷泉开闸了！"

"我看到了，真的好漂亮……"高长月跟着小呆往前走去。

医学院的音乐喷泉果然像传言中一样，水柱设计独特，音乐美妙，灯光绚丽。高长月在心里想，人人都觉得医学就该是死板的，可这所每年为医学界输送无数行业精英的学校却有着自己不一样的风格。

二十年，说长不算长，说短也不短，数千个日日夜夜，塑造了成千上万种不同的人生。于小呆而言，自从有记忆，能容下奶奶和自己的那间低矮民房，还有巷口那不过十平方米的路边小摊填满了她这七千多个日夜。

可是今晚她却第一次这么强烈地觉得，自己的人生好苦。

苦到只不过是这小小的一处喷泉，都足够让她感动，都足够成为她这二十年来看到过的最美丽的风景。

她在差一步就能踏入喷泉水池的地方停下来，忍不住朝那些仿佛在发光的水柱伸出手。夜晚的冷风刺骨，她却毫不介意，想去触碰那些在自己眼中美好得不像话的东西。就在手指即将碰到水柱的时候，一只手突然拽紧她的手腕："别碰，水很凉。"

小呆蓦然怔住，抓在她腕间的手心略微潮湿。她转头看过去，

遇他时春风和煦

比自己高出许多的孟明朗正站在她身边。

"好冷!"

孟明朗闻声放开小呆的手,立马转身过去,拉开正摊开手玩水的高长月。

"你们两个傻了吗?室外温度都能让水结冰了,还敢玩水?"

高长月把手缩回袖子里,瑟瑟发抖:"我就感受一下,没想到这个水不仅冻手,还冻骨头。"

"你好好查查滨城晚上的气温,这喷泉的水要不是因为流速够快,早就结冰了。"对孟明朗来说,自己校园里的风景再美,看得久了也就没什么稀奇的了。

"想玩水,等明年夏天再来,你不仅可以用手玩,还能进去冲个凉,没人拦你们。"

"喊!"高长月撇撇嘴,"光天化日的,你们学校校风真开放,没人拦,这么说你夏天在这儿冲过凉?"

"我是说你们两个爱玩水的小朋友。"

"你说谁是小朋友……"

两人斗嘴间,四周渐渐暗了下去,水柱慢慢失去冲力,流回蓄水池,音乐声也戛然而止,灯光尽失。

高长月的注意力被转移了,看了看表说:"这门卫大叔还真准时,说五分钟就五分钟,多一分钟都没有,我还没来得及给小呆拍照呢。"

"明年可以再来，"孟明朗顺着话往下接，"等明年开春，喷泉从早喷到晚，随时都能来看。"

"没关系，长月，以后还有机会的。"

小呆接上话，说话间她把一直露在外面冻得有些麻木的手指缩回袖子中，昏暗的光线里，背对着她的那个人的身影，高大、挺拔。

她在此之前从未见过比这更美的风景，今晚的这里成为她这二十年来，去过的最美的地方。

她想，大概也是因为她自己在此之前没有见过比眼前这个人更心细的男生，所以这个叫作孟明朗的人，才能在寥寥几句对话中，让她觉得与众不同。

第二天一早，小呆匆匆帮奶奶摆好摊位之后，抽空给高长月打了个电话。

她想要孟明朗的联系方式。

高长月刚起床，还在洗漱，她含着牙刷在电话那头疑惑道："你找他干吗？"

"我……我的围巾，好像落在他那里了。"

"围巾？"高长月才突然想起来，"对啊，昨天吃饭，还是我帮你放进他背包里的，走的时候都没想起来，要不我让他送过来吧，你帮奶奶看着摊子。"

小呆犹犹豫豫："这不太好吧，让他从西岸过来，挺远的。"

"有什么不好的，看他的样子也没什么事做，我要去兼职，你

又抽不开身,这种小事,他跑一趟没什么的。"

小呆想了想,还是觉得不妥:"算了,还是我过去拿吧,奶奶的摊子已经摆好了,早上人少,我来回两小时,可以在午饭前赶回来的。"

高长月往嘴里送一口水,漱完之后吐出来,侧着头把手机夹在肩膀上:"那行吧,我发号码给你,你跟他联系。"

"嗯。"

小呆照着发过来的号码打过去,电话响了许久,才被接通,对面沙哑着声音询问:"哪位?"

"不好意思,这么早打扰了,我是小呆。"

等她在电话里说明白打这通电话的目的,对面的人睡意也没了。他从被子里伸出一只手,从一旁的躺椅上拎过背包看了一眼,里面果然有一条粉色的毛绒围巾。

两人最终在电话里约好了时间和见面地点。就在离昨天他们三人吃饭的菜馆不远的室内冰场正门口。孟明朗担心她从清风巷过去找不到,还特意询问她认不认识路。

"我能找到,"小呆轻轻地说,"以前去过两次,那里经常有冰球比赛。"

既然她这么说,孟明朗也没多想什么,挂了电话就起床洗漱去了。

孟楠洛在厨房做早餐,看见孟明朗出来,问了一句:"都被停训了,还这么早起床,佳人有约?"

孟明朗穿着睡衣,充耳不闻,仿佛已经习惯自家小叔这种说话的语气,哐的一声就把门给关上了。

等他出来,回房间换好衣服,背上包准备出门,在厨房忙碌的小叔又是一句:"不吃早餐了吗?"

孟明朗瞥一眼桌上的面碗,回:"不吃了。"

在门被完全关上之前,又探进半个身子来:"小叔,你已经连续吃了好几天面条了,如果是因为不会做饭,你可以跟我说,我会做。"

厨房里埋头忙碌的孟楠洛佯装生气:"你个臭小子,谁说我不会做饭?"

孟明朗咧嘴一笑,抽身出去,顺手关上了门。

等小呆从公交车站跑到碰面地点时,孟明朗已经在大门口等着了。他斜靠在铁栏边,手缩在袖子里,露出的几根指头攥着手机在看些什么。

小呆跑过去,急忙道歉:"对不起,路上有点儿堵,我来晚了。"

孟明朗抬头,视线从手机转移到面前站立的女孩身上,身高刚到他肩头上方一点儿,稀疏的刘海紧紧贴在额头上,这么冷的天,她竟然能跑出汗来。

他收起手机:"没事,本来你从东岸过来就比较远,我也刚到。"

说着,他打开背包,从里面拿出围巾递给小呆。

"谢谢。"小呆双手接过围巾,呼吸因为奔跑还有些急促。

"谢什么,一直也没机会跟你说,应该是我谢谢你才对。"孟明朗突然来这么一句。

小呆有些跟不上孟明朗的思路,蒙了:"啊?"

"上次在清风巷,我无意中听到了高长月和她妈妈争吵,后来在你奶奶的摊子上,你也没有拆穿我,不是吗?"

他明明在刚到巷口的时候,还问过她"满满茶坊"怎么走,她当时给他指过路。如果这还不能让人留下印象的话,那么在那个拐角处,她急匆匆跑过去的时候,两人臂膀碰撞,她狠狠摔了一跤,后来他在馄饨摊上跟她打招呼,他们对视的那一眼,他就知道,她认出他来了。

"那件事……"小呆语调有些沉闷,"我和长月都应该谢谢你。"

关于争吵,谢谢你没有莽撞出现,保护了长月的颜面。

关于馄饨摊,谢谢你坦然爽朗,逗奶奶开心,同时也小心翼翼地保护了我的自尊心。

小呆不知道,该是什么样的家庭,才能教养出孟明朗这样如朗朗明月般的人,坚忍与细腻、温柔与和煦,每一个美好的词都能够用在他身上。

可孟明朗似乎没太明白她这句话的意思,刚想问,身后传来一声呼唤:"明朗!"

他回头，看到身后走来两个人，是金帅和齐雷。

齐雷揉揉眼睛，手肘碰了一下身边的人说："我没看错吧，真是明朗！"

金帅此时也看出来了，他走近问："明朗，你怎么也来这里了？"

"我和朋友约在这里，有点儿事。"孟明朗回。

两人这才注意到站在一旁的小呆，金帅一向嘴快，脱口而出："谁？女朋友？"

小呆唰的一下脸红了，呆愣在原地。

孟明朗回头看她一眼，语气淡然地解释："不是，好朋友而已。你们今天不训练吗，怎么一大早就回城里？"

见他快速解释完，又及时转移话题，金帅也知道齐雷开了不该开的玩笑，于是顺着话茬往下接："今天我们场地有国外的团队来打比赛，被租用了一天，正好这边训练场有两场交流赛，杨助教就带我们过来看看。"

孟明朗点点头，表示了解了。

此时齐雷又发挥了他嘴快的本领，抢着说："明朗，你不知道，余教练在你走了之后就生病了，这两天都没来场上给我们训练。"

"你说什么？"孟明朗脸上立马闪过一丝紧张，"什么病，严重吗？"

"你别听他乱说，"金帅此时恨不得踹齐雷两脚，真是什么事

都别想在他的嘴里藏过半天,"余教练就是普通的感冒,加上这两天训练也不要紧,就没来上冰。听杨助教说,等我们今天回去,教练也能好得差不多了。"

孟明朗明显松了一口气,缓缓道:"那就好,你们好好训练,别像我一样,老惹教练生气。"

听他的语气似乎缓和不少,齐雷总算也说了一句有用的话:"明朗,你也停训好几天了,听哥一句劝,本来也不是什么大事,你跟教练服个软,还是回来正常训练吧。毕竟咱们明年还有一场重要比赛要打,时间耽搁不得。"

小呆一直静静站在旁边,没插上话,却把大概意思听明白了,原来他说被停训的事情是真的。她微仰着头,看着那颗微微低垂着的脑袋点了点,随后听见他从鼻腔里发出轻轻一声"嗯"。

金帅看他听进去劝了,很开心,拍拍他的肩膀说:"走,今天队里的人都来了,凑巧你也在,反正咱们今天又不上场,一起去看看呗。"

"是啊,场地是开放的,你朋友要没事,也跟咱们一起进去。"齐雷看着小呆笑了笑。

孟明朗回头,似乎想征求小呆的意见,只是没等他开口询问,小呆反倒先说:"我……没事,走吧,一起去看看。"

这两场比赛对于孟明朗来说,可看可不看,不过既然小呆都这么说了,他也不好再说什么。

金帅想把到场后三三两两分散开的队员都集合起来,所以带着三人绕到场馆后方,想从后门进到休息室找找其他人。

四人刚走进后馆的过道里,离馆门最近的一间休息室门半掩着,有淡淡的烟草味绕在门框附近。

里面传出一个男性青年略微粗哑的声音:"唉,我说大建,你这也太惨了吧,不说那件事根本就不怪你,凭你这么多年任劳任怨跟着他,他怎么还对你这么苛刻?"

"其实教练对我挺好的。"回话的声音听起来有些沉甸甸的。

走在最前面的齐雷听到对话,脚步立马停在了离门仅一步的地方,他回头看了金帅一眼,刚想说话,就被金帅给捂住了嘴。

四人都停在那间半掩着门的休息室门口。

"好?你是对这个字有误解吧?他要对你好,能在罚完那个孟明朗的第二天,就立马把你的主力位置给撤了吗?"

气氛安静了几秒,见自己问出去的话没有得到回应,那个声音又继续道:"不是我说,你们双龙队也就二十几年前还算辉煌,当初队里的两大王牌,余思久和白峃并称'体委双龙',两人在首届冬奥会上为国家拿下第一块冰球金牌,从此拉开了国内冰雪项目的帷幕。可自从十六年前白峃犯了那事之后,双龙队里的老队员差不多都散完了,余思久一个人苦撑了两年,从各地的冰球俱乐部把你们这批新鲜血液一个一个挑进国家队,独自一人担起教练的职责,把你们带到如今这样。虽说这份坚持和毅力挺让人佩服,可到底时代不同了,这几年你们队不论是在国际还是国内,

遇他时春风和煦

打下的比赛都成绩平平,要我说,你们教练年纪到了,再挣扎能挣扎出啥样?"

"你别这么说,"这时另外一个声音传来,"我们队实力还是有的,我也相信我们余教练比任何一个教练都要专业。"

"别吹大话了,要我说,你赶紧写个离队申请,重新回来我们队算了。"

听到这里,齐雷两眼喷火,他挣开金帅的手,一脚就把半掩着的门给踢开了。

"你说什么呢?"

正在门后吞云吐雾的两人明显被吓了一跳,但好歹是运动员,不管是身体素质还是心理素质,都比常人要好一些,小呆还未从那踢门声中反应过来,里面的人已经看清来人是谁了。

"雷哥……"赵建显然没想到门外竟然有人在听他们说话,见到是自己的队友,心里莫名有些慌。

"赵建,你跟这人是什么关系?"齐雷语气并不友好。

如果说一开始在门外,光凭听两句对话,他们不知道赵建是在和谁说话,那么现在几人正面相对,说那些让人气不打一处来的话的人是谁,大家一眼就能认出来。

赵建底气有些虚,压着声音回:"他……他是我发小,杨浩。"

"你怎么回事?"金帅也有些来气,"怎么会跟雪狼队的人扯上关系?"

他们前几天才和这支队伍打过比赛，就是在那场比赛里，孟明朗还和赵建起了冲突，最终发展到顶撞教练、被罚停训的局面。

"你们是知道的，我十五岁选入国家队，在此之前，我一直是雪狼队的中锋。"赵建如实交代。

此时杨浩插话："跟我们队扯上关系怎么了？我还不知道，原来你们双龙队的人都喜欢搞这种听墙脚的下作事情。"

"你个手下败将，说谁下作？"齐雷挺着胸脯往前走了几步。

金帅连忙从后面拉住他。

上次比赛输了，心里原本就不爽，此时年轻气盛的杨浩也控制不住情绪了，迎着面就过去，提着嗓子说："说的就是你们双龙队，怎么，不服吗？"

赵建见状，也连忙拉住自己的好友："浩子，你少说两句。"

"我凭什么少说？"杨浩此时看到面前两人的身后还站着一个人，他打量了两眼，"你就是孟明朗？"

听到对方突然提到孟明朗的名字，站在最后面的小呆心里一紧，这场面对于从小只知道闷头读书的她来说，已经完全超出了能正常思考的范围。

孟明朗上前两步，回："我是。"

杨浩轻蔑的眼神从他身上一扫而过："我听说某些人因为想抢功劳，不顾团队，已经被罚停训了。怎么，难道如今被停训的人也能来训练场上晃悠了？"

遇他时春风和煦

"被停训的人能不能来训练场我不知道,反正我是来了。"孟明朗眼神淡淡地落在对方身上,"不过我倒是知道,输掉比赛之后还有心情出来晃悠,不好好躲着练本事的队伍,离'死'也不远了。"

齐雷附和着:"就是!"

"你……"杨浩瞬间被气到说不出话。

此时齐雷是站在休息室内的,金帅为了拉住他,也跟他一起进去了。在杨浩的视线里,只有孟明朗一个人还站在门外,他突然想到什么,在心里暗笑两声之后,走到门口,一把揪着孟明朗的衣服就把人拽进了休息室,随后脚一踢,嘭的一声把休息室的门给关上了。

这个举动就发生在一两秒之内,小呆整个人被吓蒙了,等她反应过来,面前哪里还有人,只有三步外那扇紧关着的门。

她慌忙跑过去,推了推门,发现推不动,只能听见里边齐雷沉闷的一声大喝:"你干什么!"

怎么办……

小呆心里慌作一团,她颤抖着手从包里拿出手机,哆哆嗦嗦地给高长月打电话。

铃声响了几秒,电话被接通了。

"长月,你在哪儿?"

小呆连声音都在颤抖,高长月皱眉:"我在公交车上,怎么了?"

"你……你能过来吗?体育馆,冰球场后门!"

"怎么了,发生什么事了?"

小呆边打电话,边凑到门前去听,可心里越是慌乱,越是什么都听不到,她急道:"你快来,孟明朗被停训是真的,他们几个队的好像在打架,门被关上了,我看不到……"

高长月心里咯噔一声,想到之前见过那帮身强体壮的男青年打起架来的场面,小呆柔柔弱弱的一个小姑娘在现场,她整个人瞬间紧张起来。

"你别急,先找个地方躲着。"高长月退出通话页面,打开地图搜索了一下距离,"等我过来,十分钟。"

听到对面应了两声"好",高长月挂断电话,赶在公交车后门关闭的前一秒跳下了车。

场馆内的比赛似乎是开始了,在小呆这个位置能隐约听见解说员激昂的解说声,休息室内却什么动静也没有。越是什么都听不到,小呆越是紧张,高长月赶来的时候,远远就看到小呆一个人在门外来回走。

她两步并作一步跑过去,喘着粗气问:"他们人呢,在哪儿?"

"在里面。"小呆一脸焦急,她指了指休息室的门,"什么声音也听不到,他们在里面很久了。"

高长月凑过去听了一会儿,能听到人说话的声音,但很小,听不清。她没多想,侧着身子就往门上撞了两下,这个场馆的年

遇他时春风和煦

代有些久远,门还是那种老式门销,被她这么一撞,门销有松动的迹象。

"小呆,过来帮我一下。"

两人一齐朝门上撞过去,门没被撞开,门销却因为震动移开了一点儿,门和门框之间出现了一条很小的缝隙。高长月塞进去两根指头,抵着门销一点点慢慢往后挪,只花了不到一分钟,就把门打开了。

小呆站在她身后,两人推开门的一瞬间,看到的是背对着她们的孟明朗,他两只手垂在身侧,紧紧握成两个拳头。

齐雷回头看两人一眼,看到是认识的人,没有过多的表情,瞪着眼睛又转过头去,似乎是继续刚刚没有说完的话:"难道这年头说话不用负法律责任,屁话可以张口就来吗?"

"你们要是不相信,就去他家小区周边问问,我姑就跟他家住一栋楼,周围邻居都知道,孟家两口子在没结婚前就从老家带了一个男婴回来养着。我还听说那家和体坛某位大人物有交情,他孟明朗没爹没妈,半道出家还能挤进国家队,不过就是仗着养父母家底厚,你们还真以为他有多大能耐?"

杨浩此时的表情像极了抓住敌人弱点的胜利者,他看着对面三人脸上各不相同的表情,眉眼间全是得意。

高长月和小呆的闯入似乎并没有对现场气氛造成一丝影响,杨浩完全是忽略两人的状态,他沉浸在对敌人造成暴击伤害带来的快感中。

齐雷咬牙切齿："你说的话，我一个字都不会相信！"

说着，他抡起拳头就要上前，却不想身边的金帅比自己快一步，已经捏着拳头，以极其快的速度挥在了杨浩脸上。

杨浩冷不丁被打了一拳，下一秒也开始还手了，两人瞬间扭打在一起。赵建反应还算快，立马出手挡在两人中间，齐雷也不落后，绕过赵建，反手就把杨浩撂倒在地。

休息室不算大的空间里，乱糟糟一片，孟明朗却像麻木了一样，呆呆看着。高长月就站在他身后，她感觉不到面前的人有什么情绪，只感觉到场面混乱。

把杨浩摁在地上后，金帅挽着袖子说："就算你说的是事实，明朗也还是我们双龙队的人，也还是我们心疼的弟弟。你算什么东西，对我们队评头论足就算了，还白长一张嘴整天胡说八道！"

金帅是双龙队的队长，平时对待队员们都和和气气的，没想到今天他竟然是第一个动手的人，讲话还霸气十足，齐雷瞬间对他产生了崇拜之情。

赵建是有些被吓到了，两边都是他熟悉的人，没想到事态会发展到现在这个地步，看杨浩在这两人面前根本讨不到一点儿好处，于是赵建全程都在护着杨浩。

"队长，雷哥，你们别认真，浩子这人就是说话冲动，他没什么恶意。况且说这些事之前，他还先关上了门，就是想着不让更多的人知道。他真不坏，咱们先不动手，好好说行不？"

遇他时春风和煦

此时杨浩被摁在地上,齐雷紧紧扭着他的两只胳膊回道:"赵建,你就说你还是不是双龙队的人?"

"是,我当然是咱们队的,可你们也不能打人啊,要被教练知道……"

"你们给我等着,"杨浩半边脸贴在地上,继续叫嚣道,"光凭你们今天抡的这两拳头,我就能告到你们蹲局子,永远给我滚出体坛!"

齐雷一听,火又大了,他摁着杨浩的胳膊用力一压:"你还给我嘴硬……"

"雷哥、队长,你们放开他吧,"一直沉默着的孟明朗终于开口,"让他起来。"

两人回头,见孟明朗紧绷着脸,他们也瞬间恢复了些理智,两人对视一眼,一齐松手站了起来。

只是让周围人都没想到的是,杨浩刚刚从地上爬起来,脚下还没站稳,孟明朗突然上前,挥手就在他脸上又抡了一拳头。

打完之后,他冷冷道:"记住了,打你的人是我,要报警还是告诉教练,都冲我来。"

金帅说道:"明朗,你……"

"都不想干了,是吗?"赵建这时反倒火大了起来,"来,再打,连我也一起打,打完明天全都走人!"

一直站在一旁的高长月终于在这一拳头抡下去时恢复了思考能

力，她快速从包里拿出手机，打开摄像机，递给小呆交代道："拿好手机，对准我录像。"

小呆愣愣地接过手机，一边听话地举着，一边慌张地问："长月，你要干什么？"

高长月递给她一个放心的眼神。

此时杨浩正好顺着惯性往后退两步站稳，他被好友那句话一刺激，挥着拳头就要往孟明朗身上打。

高长月两大步跑过去，双手抱着那只胳膊死命拦住，边拦边说："别打了，别打了，有事坐下来好好说啊！"

杨浩被突然出现的人惊到，可挥出去的拳头根本就收不回来，高长月就像只小鸡崽儿一样顺着那个力量往孟明朗的身边倒过去。

砰的一声，她被狠狠甩在地上，感觉到肩膀和什么硬物碰在一起，她用另外一只手摸了一下，是突起的球杆固定器。就在众人都还没反应过来的时候，她一咬牙，往突起的地方狠压下去。

肩膀传来钻心的疼，高长月忍不住嘶了一声。孟明朗最先反应过来，他迅速蹲下身把人扶起来，从头到脚确认了一下是否被伤到，在看到肩膀上透过衣服渗出的血时，他起身就要冲杨浩扑过去。

高长月连忙拉住他的手腕："先扶我起来……"

小呆慌慌张张跑进来，一手拿着手机，一手来扶她："你怎么样？"

"你是谁？"杨浩见自己不小心伤了不相干的人，语气显然没

遇他时春风和煦

之前那么强硬。

高长月从小呆手里拿过手机,把刚刚录下的视频点击保存,随后又往前两步,挡在杨浩和孟明朗中间。

"我说你们一帮运动员,有什么事不能好好说,偏要一个刺激一个,搞到最后,不光自己人打自己人,还要伤及我这个无辜。"

孟明朗往她肩膀上看一眼,说:"你先出去,让小呆陪你去处理一下伤口。"

"我不走,我要是现在走了,谁为我胳膊上的伤负责呀?"高长月转头看着杨浩,"我听说你要报警,不然连我的伤也一起让警察处理?"

瞧这两人一来一回的对话,杨浩算是反应过来了,什么不相干的人,这姑娘明显就和对面是一伙的,他嚷嚷:"怎么,敢情弄到现在,我一个被打的人还不能报警了?"

"能,当然能报,只是这小小一个休息室里,也没几个人,警察真要来了,大家众口不一,到底谁打了谁,一时半会儿都说不清,"高长月把手里的手机扬了扬,语气十分淡定,"可我胳膊上的伤,有视频为证,你怎么把我推到地上的,这里面录得清清楚楚,一不小心,没准还是我这个案子先提上日程。"

杨浩气到嗤笑:"碰瓷呢,姑娘?"

他说着就往高长月身边走来,一只手从身后揽过高长月的肩膀,把她往身后拉了拉。

高长月后退两步,抬头正对上孟明朗看过来的眼神,只对视一眼，她又转过头去，看向被赵建拦下来、满心憋屈的杨浩。

高长月此时的目光在杨浩看来，仿佛是在说：我就是碰瓷了，你能拿我怎么办？

"浩子,你冷静点!"赵建压低声音劝说好友。

孟明朗揽着高长月,赵建死死拦着杨浩,小呆独自站在一旁发蒙,金帅和齐雷一起站在门边,两人心里七上八下,一时之间,谁都没有再说话。

就这样安静了将近一分钟,杨浩猛烈起伏的胸口慢慢变得平静,他深深吐出一口气,把目光从高长月身上移开,咬着后槽牙看向孟明朗说:"行,你们厉害。你们动手,我忍了,今天这事我一不报警,二不告诉你们教练,可你在冰场上欺负我兄弟那件事,你必须向他道歉!"

赵建双手环抱在好友胸口,听到这句话,瞬间眼眶一红,慢慢松开手之后背过身去。

对于这帮运动员来说,赛场如战场,在赛场上不被队友信任的感觉,大家都知道有多委屈,赵建不论有多气,最终想得到的,也不过是一句"对不起,以后不会了"。

那天孟明朗究竟为什么不传球,金帅和齐雷也想知道答案,所

遇他时春风和煦

以在场的人几乎都把目光投在了他身上。

"我没有欺负他。"孟明朗看着杨浩说完这句话后,转眼看向背对着大家的赵建,"我也没有不相信你的能力,只是那天比赛之前,我不小心撞见你们两个人有说有笑,我怕你在场上拿球,面对曾经关系好的队友会影响你发挥。如果硬要说我错,那我错在对自己太过自信,以至于让队伍在比赛中失利,我要说对不起的不是你,而是整个队伍和教练。"

"这种事,你怎么不提前跟余教练说呢?"齐雷最先开口问。

金帅扫了一眼屋内的几人,叹口气说:"如果明朗在比赛前说出这件事,余教练可能不会再让赵建上场,毕竟那是一场踢馆赛,我们输不起。可这样一来,赵建不但会委屈,还会因为教练的不信任而生气。"

"那打完比赛,为什么还不说呢?要是那天把情况都说明白了,至于一个被停训,一个被撤主力吗?"

金帅又叹一口气,看向一根筋的齐雷再次解释道:"如果那天下场后,明朗当着那么多队员说出这件事,那么对大家隐瞒自己老东家上门踢馆这件事的赵建,从今以后对他不信任的就不只是教练了,而是我们整个队伍。"

齐雷似懂非懂,在他的世界里,这些弯弯绕绕实在是太伤脑筋了,他叹了口气,抬高音量说:"那这就是弄明白了的意思,对吗?"

他这句话主要是问赵建的,一直背对着大家的当事人此时才红着眼睛转身,对孟明朗说:"我隐瞒大家就是怕扯出一堆事情来,没想到让你发现了。当时因为太生气也没仔细想你为什么这么做，既然大家都有错，你也不用道歉了，因为你们今天打了我朋友，我也不会对隐瞒的事情说对不起，咱们之间两清。"

赵建说完，看了一眼自己的发小之后，转向金帅："队长，其他人我不在乎他们怎么想，但你和教练一定要相信我，就算是面对曾经的老东家和从穿纸尿裤开始就一起玩到大的兄弟，在冰场上我也绝对不会手下留情。"

"臭小子，"杨浩一听，抬手就往他胸口捶了一拳头，"你以为我会手下留情吗？"

金帅看着这一幕，心算是落下来了，他回道："赵建，我可以相信你，可你也应该相信大家才对，如果那天你提前把情况说明，我相信我们整个队伍都会选择相信你的。"

"嗯，"赵建红着眼眶点点头，"下次我一定提前说。"

看事情得到解决，齐雷嘿嘿一笑："赵建，没想到你还有个这么照顾你的兄弟，大家不打不相识，今晚一起吃饭怎么样？"

打了人总是理亏的，齐雷提出吃饭也算聪明，男生之间的仇恨似乎都是来得快也消得快，有多少好兄弟都是在打打闹闹中一点点建立起感情的。

可杨浩似乎并不打算就这么算了，他冷冷道："吃饭没问题，可我这个人活了二十几年，最讨厌那种靠关系走后门的人。孟明朗，你到底是靠什么进国家队的我不想深究，可你必须跟我上冰比一场，

遇他时春风和煦

你要是赢了，我就退出冰球圈，反正我杨浩打冰球这么多年还挺不进国家队，早就想退出这个圈子了；可你要是输了，就必须退出国家队，因为你没资格待在那个地方。"

"你这么说就不厚道了。"齐雷出口反驳，"你是俱乐部的职业选手，没人管你私下跟谁打比赛，可我们明朗不一样，他是国家队的队员，不管他能不能赢你，被发现私下打比赛都是要被辞退的。"

"被不被发现是你们的事情，我只管跟他打一场，"杨浩眼睛直勾勾盯着孟明朗，"你敢不敢？"

孟明朗硬朗的下颌线动了动："我跟你打。"

"明朗！"金帅出声阻止，"都不是小孩子了，事情是打一场比赛那么简单吗？闹什么！"

"哎呀，别吵了，"高长月听不下去了，她捂着肩膀挣脱开孟明朗的手，上前一步面对发出挑战的人，"我跟你打。"

杨浩无比蔑视地看她一眼："你？你握得稳球杆吗？"

大家都一脸不可思议地看着高长月，就连小呆也是一脸震惊，反而身后的孟明朗，饶有兴致地盯着那个矮自己一头的背影。

"我的意思不是说我跟你打。"高长月理理思路，继续说，"你们两个都打了这么多年冰球，再来比赛多没意思，而且据我所知，一场比赛也不是两个人就能完成的，就算你们想打，也没那么容易，何况还有一条不能私下打比赛的规定。既然这样，不如听听我的建议。"

杨浩盯着她，示意她继续往下说。

高长月回头看了一眼孟明朗,见他表情平淡,她稳稳神,接着往下说:"我建议你们两个人都找一个没打过冰球的人,比如我,然后双方各自分开训练,一周之后我们负责守门,你们负责打门,哪边进球多算哪边赢。这样你们之间不存在比赛的关系,但其实又能当作一场比赛,怎么样?"

见杨浩没说话,高长月又补充道:"场地可以由你们选。"

"这个主意好,"齐雷插话,"两全其美,各不耽搁啊。"

金帅和赵建都没发表意见,毕竟相较于强逼着孟明朗接受挑战,这个方法无疑是最好的。

杨浩思考了一会儿,也松口答应:"行,我同意,你呢?"他问孟明朗,高长月也跟着回头去看孟明朗的反应,没想到孟明朗正好也在看着她。

"我没意见。"他看着她的眼睛说。

高长月松了一口气,缓缓把目光移开了。

一场男人之间的矛盾被高长月大事化小小事化了了,吃饭肯定是没她的事了,孟明朗和金帅等人打过招呼后,拉着她就要走。

高长月冲一旁全程呆愣的好友喊道:"小呆,走了!"

"哦,好……"小呆连忙跟上。

三人走出场馆,孟明朗环顾了周围的商户,没有药店,随后拉着高长月走到路边试图拦车。

见他在招手打车,高长月疑惑:"你要带我们去哪里?"

"找地方给你包扎一下伤口。"

想着应该是去医院,高长月没再说什么。小呆一直站在两人身后,表情有些僵硬,拦下的出租车靠边停下,她却没有跟着两人上车。

高长月回头看一眼:"小呆,你怎么了?上车啊。"

"长月,我就不陪你了。"小呆边说边帮两人关上车门,"我出来太久,再不回去,奶奶该担心了。"

眼看司机师傅就要发动车子,高长月不好多说什么,她凑在窗边交代道:"那你自己再打一辆车,路上小心,到家给我发消息。"

小呆点点头:"嗯,你们也小心,包扎完就尽快回来。"

车子缓缓发动,倒视镜里的人越来越小,等车开稳后,孟明朗凑过来,两只手拉着她的胳膊说:"把外衣脱了。"

高长月知道他要看伤口,什么都没说,乖乖脱了外套。外套被扎到的地方只是破了个洞,有一点点血迹渗在上面,可脱掉外套后,里面打底的白色毛衣却被血染红了一片。孟明朗凑近看了两眼,随后轻轻将伤口周围的衣物剥开。

虽然动作很轻,可怎么说那也是新鲜伤口,高长月还是疼得倒吸一口凉气。

"现在才知道疼?"孟明朗没好气地说。

高长月咬牙回:"你碰它,我肯定疼啊。"

"要是现在不把周围的杂物清理干净,等会儿血一凝固,粘在伤口上,更有你好受的。"

这话听起来似乎有点儿道理,高长月也不还嘴了,默默咬着牙,低头看着自己的伤口。

　　孟明朗清理完伤口，轻轻帮她把袖子挽起来。她今天穿的毛衣是宽袖的，挽上去之后固定不了，于是他腾出一只手从口袋里掏出丝巾，把挽在肩头的毛衣袖子牢牢扎起来。

　　丝巾还是之前在丽水河给她包扎膝盖的那一条。
　　高长月眉头一皱，问："我看你好像随身带着，这条丝巾很重要吗？"
　　孟明朗帮她把胳膊摆正，示意她不要乱动之后，回："我们队每个人都有一条，上面写着自己的名字，打比赛的时候大家都会戴在手腕上，是进队的时候教练亲手送的。"
　　"你们教练可真像一位老父亲，一个一个给你们这群小崽子标上记号，难道还怕你们走丢了？"
　　孟明朗没往下接这个话题，反而问道："你今天怎么突然这么机灵？"
　　"形势所迫啊。"高长月长长叹口气，"我如果不这么干，你打算怎么办？一个人扛着，最后不是被警察抓，就是被国家队辞退吗？"
　　孟明朗后脑勺轻轻靠在椅背上，声音沉闷地说道："我不想动手，可我更不想队长他们为了我受到处罚，如果我一个人离开，可以让大家都舒服，也挺好。"
　　"那不行，我和小呆都还没看过你上场比赛呢。"

遇他时春风和煦

"你想看我打比赛？"孟明朗侧过头看她。

高长月点头应道："想啊，我们平民老百姓，能认识一个被国家认可的运动员，多不容易。况且你还要打赢你爸，要是今天这事闹大了，你还能安心训练吗？"

"可最后事情倒是平息了，你却要替我上场比赛，有信心赢吗？"

"不试试怎么知道，"高长月瞟了一眼窗外，"况且不是还有你嘛，你教我，我有信心。"

孟明朗轻笑一声以作回应，窗外的景物迅速向后退去，高长月心里有许多问题压着，沉甸甸的，一时也找不到新的话题开口，气氛便慢慢冷了下来。

门窗紧闭的出租车内暖气很足，高长月的头脑也渐渐从整件事中脱离出来，手掌无意间碰到放置在一旁的书包，她突然一惊，急忙拉开书包拉链，从里面拿出手机。

未接来电十二个。

完了，全是培训班老师打来的电话。

另一边，和两人分别的小呆沿着人行道漫无目的地走着，方向和他们完全相反。

走着走着，包里突然响起的手机铃声吓了她一跳，低头掏手机的瞬间，没注意到脚下，左脚绊在石阶上，整个人重心不稳，狠狠摔了一跤。

整个摔跤的过程不足一秒，等小呆反应过来，手机和包里一些细小的东西全部被摔出一米开外，静静躺在地上。

手机铃声在此时戛然而止，屏幕骤然暗了下去，连让人看清是谁打来电话的机会都没给。

小呆手脚被摔到麻木，一时之间竟没有力气站起来。她低着头，没忍住啜泣了两声，随后咬着牙爬起来，把那些摔到地上的东西一样一样捡回包里。

等她捡起手机的那一秒，来电铃声又一次响了。

是小兰姐姐打来的电话。

小呆花了几秒时间来调整自己的声音，想让对方听不出自己的低落，可等接通电话，她还来不及开口，听筒那头的人就着急道："小丫头，你在哪里？你奶奶摔倒了，磕破了头！"

小呆心里轰隆一声，像被惊雷劈中一般紧紧揪在一起，连声音都在发抖："为什么？怎么会……"

"你先别急，听我说，我打了120急救，现在陪奶奶去市三医院，你不要急着过来，先回家取点钱。刚刚出门急，我身上没带现金，你别着急，也别哭，听到没有？"

"嗯……我……"小呆努力压着哭腔，"我现在回家拿钱……"

挂掉电话，眼泪夺眶而出，小呆边跑边挥手拦车。坐上出租车，她一路都在哭，哭得司机频频回头看她，最后实在忍不住，开口问："小姑娘，发生什么事了？"

小呆刚想开口，却被眼泪和口水呛住了，她边咳边说："师傅……

遇他时春风和煦

我没事,你开快点,求你了……"

橙蓝相交的出租车疾驶在西岸的二环高速上,那一声压过一声的哭泣被淹没在这个城市的万千杂音中,显得渺小,却也悲怆。

滨城的寒冬腊月,大雪已经下过三场,正午的太阳高高挂在天空中,温度却依旧很低,巷口的那处小摊上空无一人,只有锅里煮馄饨的水还冒着腾腾热气。

清风巷狭窄的石板路上,小呆疾跑而过的身影,最终停在一处低矮的铁门前,从包里慌慌张张掏出钥匙开门进去,直奔奶奶的房间,衣柜、床头、枕头和床垫下,统统都找过一遍后,却一分钱都没找到。

似乎是不相信,她又仔仔细细把房间的每个角落都找了一遍,还是什么都没找到。

小兰的电话打来,问到哪里了,小呆终于憋不住,号啕大哭:"小兰姐姐,我找不到……找不到奶奶的钱在哪里……我们没有钱,怎么办……"

听着哭声,对方沉默了许久才缓缓说:"别哭,去你的房间找找看,一个大红色、四四方方的旺仔糖盒,看看里面有没有,如果没有,就去你高阿姨的茶室借钱,听到了吗?"

小呆强逼着自己冷静下来,直到在她的房间找到那个盒子,看见里面放着两沓厚厚的红色钞票,都分别用白色的条子封着,一沓上面写着"孙女的大学学费",另一沓上面写着"孙女的嫁妆钱"。

字写得工工整整，钱也被压得平平整整。

　　她再也忍不住了，没办法冷静，一边哭，一边盖上盖子抱着盒子往医院赶去。

　　小兰姐姐说，奶奶不识字，更不会写字，有一次奶奶悄悄把她叫到家里，让她帮忙写两张字条，分别用两种不同的颜色来写，之后奶奶自己就能按字迹颜色来分别存钱。

　　奶奶说："我们小呆啊，命苦，爹不在了，娘也不疼，偏偏这孩子生得懂事，知道家里没钱，骗我说自己高考没考上大学，陪我这老婆子在小摊子上一混就快两年了。可现在的生活不像以前，总得有点儿学问才能活得好，听吃馄饨的客人说，现在有一种大学，叫什么……什么成人大学，我听着就适合我孙女，等老婆子我把学费攒够了，就送她去上学，多读书好……"

　　奶奶一直都知道，小呆对高长月校服上那枚熠熠生辉的大学校徽有多么憧憬与期待。

　　医院，是这个世界上最让人望而生畏的地方，来到这里的每个人都承受着身体和精神上的折磨，有些人能在不久之后走出这块阴霾之地，而有些人却一辈子也走不出去。

　　小呆怀里抱着红色的大铁盒，眼神呆滞，整个人缩成一团蹲在墙角处，头顶上方是亮着白光的灯牌，上面印着三个大字：手术中。脑海里走马灯一样晃过今天发生的一切，先是那晚藏着小心思，走时故意忘在孟明朗包里的围巾；然后是早上假借拿东西之名从好友

那里要到他的号码；再然后，她离开奶奶，去见那个让她在二十年的人生里第一次感到心口发烫的男生……

她想和他单独见面，她想和他多说两句话，她想离他再近一点点，哪怕只有一丝机会，她也不想每次见面，连一句话都说不上。

可最终面对那场意外争执，她却像个傻子一样，只会发蒙，而在那些心潮涌动的时刻里，她似乎还忘了某个至关重要的定律。

原来，觊觎别人的东西，真的会不得善终。

滨城西岸环境最雅致的一处高档小区正门口，高长月急匆匆推开车门下车，拨出去的电话很久才被接通，她一张口就是道歉："孙老师，对不起对不起，我早上临时有点儿事，真的很抱歉，没能赶来看孩子们练琴。"

听筒那边说了什么，孟明朗听不清，他一手拎着她的书包，一手拿着她的外套站在旁边，隔了好几秒，才听她回："好……那今天早上，我的缺席没影响到孩子们吧？"

"好……好，我知道了，谢谢孙老师，希望下次还能有机会和大家一起工作，谢谢您。"

挂完电话，高长月深深叹了一口气，脸上满是愁容。

孟明朗站在她旁边，把外套盖在她没受伤的那只胳膊上，又拉一半过来，轻轻挡住卷起袖子的那只手，问："怎么了？"

"唉，兼职黄了。"

"还能重新找吗？"

"应该可以。"高长月顺口一答，眼神环顾一周后，疑惑，"这不是医院啊，我们这是在哪儿？"

"伤口不是很大，去医院排队挂号浪费时间，去我小叔家，我帮你包扎。"

孟明朗说着就要拉她进小区，高长月手一缩，避开："我……我不去，要不找个诊所吧，随便消消毒，包一下就好了。"

"我，"孟明朗指指自己，"是学医的，临床医学，专门握手术刀那种，你还怕我害你吗？"

"倒也不是……"

硬是没想起来这层身份，果然是运动员的身份先入为主了。

高长月勉强跟着进去，门开的时候，里面懒洋洋传来一声："回来了？"

"嗯。"孟明朗站在玄关处边换拖鞋边问，"小叔，家里有女士拖鞋吗？"

啥？

孟楠洛大概反应了几秒，思绪才从美剧的剧情中跳脱出来。他从沙发里探出一颗脑袋，在看清门外还站着一个小姑娘时，急忙爬起来坐正，说："不……不用换鞋，直接进来吧，没关系。"

整个房子的空间面积不算大，不过装修风格偏欧式，看起来简洁大方，地板、厨房和客厅都收拾得很整洁，高长月匆匆扫过一眼，随后乖巧地打招呼："叔叔好。"

遇他时春风和煦

孟明朗把门外的人迎进来，向屋里的人介绍道："这是我朋友，高长月，她的手受伤了，我要借用一下你的医药箱。"

"受伤了呀？"孟楠洛连忙起身，把人扶到沙发边，示意她坐下，"让我瞧瞧。"

高长月有些拘谨，孟明朗看出来了，所以又向她介绍："这是我小叔，万英医院你应该知道吧，滨城胸外科最好的民营医院，他曾经是那里最年轻，也是最权威的主治医师，要不让他给你包扎？"

"别提！"孟楠洛瞪他一眼，"那都是多少年前的事情了，没什么可吹嘘的。药箱在我房间的第三个柜子里，你赶紧去拿来给人家小姑娘包扎。"

高长月心里一阵佩服，难怪他之前说，家里有人从事这一行，原来说的就是他叔叔。

见孟明朗进了房间，高长月想找点话题聊，就问道："叔叔，孟明朗的爸爸是不是打冰球很厉害啊？"

"谁说的，"孟楠洛用遥控器把电视声音调小，"他爸就是我哥，我哥就是万英医院的院长，每天忙得像个陀螺一样，哪里有时间打什么冰球。"

高长月一愣，心里的疑问变得更加杂乱了。

孟楠洛嘴快，把话说完才察觉不对。这时孟明朗提着药箱从房间出来，听到两人对话，他朝高长月说："你要问什么，直接问我就可以。"

高长月看他表情似乎有些凝重，心里在想是不是自己问错问题了，一时也不敢再搭话。

孟楠洛看两人之间气氛略微不妙，意识到自己说了不该说的话，于是随便找个理由，拿着外套溜出去了。

屋里顿时只剩下了孟明朗和高长月。孟明朗把药箱放在面前的桌子上，帮她把外套轻轻拿开，随后打开药箱，拿出消毒水、棉签和绷带之类的医用品。

高长月乖乖把手臂伸过去，孟明朗一边埋头处理她的伤口，一边问："杨浩说的那些话，你都听到了，你信吗？"

"本来是不信，"高长月微微咬着牙，忍痛说，"不过现在有点信了，他说的什么体坛大人物，不会就是你亲生父亲吧？"

她这么说，是因为想起孟明朗的那句话：我爸，一个离我很远很远，但同时也很近很近的人，我想在冰场上追逐、战胜他。还有刚刚那位叔叔说的，孟明朗名义上的父亲并不会打冰球，那就说明他想战胜的那个"爸爸"另有其人。

孟明朗没有直接回答问题，而是苦笑着说："就算是，他也不会让我走后门的，所以什么靠关系进国家队这种瞎话，你就别信了。咱们约一下时间，我带你练练这项冰上运动。"

"我随时都可以啊，反正兼职也没了，就留一周时间给你吧。"高长月说。

孟明朗手上忙着，回一句："行，一会儿再说。"

遇他时春风和煦

　　帮她伤口清理消毒的那双手动作轻柔缓慢，她一偏头就能看见他头顶的发旋，之前一直压在心口的那个东西几乎快要破胸而出。

　　从打杨浩那一拳开始，到帮金帅他们担责，再到她出现帮众人解围，孟明朗似乎一直在避重就轻。她完全可以感觉到，他在关心她的伤口，关心一周后的那场比赛，对于杨浩说的那句"没爹没妈"，他却从始至终只字未提。

　　高长月想了一会儿，还是决定说出口："我今天听到了，杨浩说你没有爸妈。我没别的意思，只是想告诉你，我也是。"

　　"我也是"这三个字，在这里说的不是和谁一样喜欢某种食物、某部电视剧那么轻松简单，而是在说，她和他一样，都是这个世上孤独无依的存在。

　　那只握着棉签的手顿了一下，良久，孟明朗才闷着声音回："我知道。"

　　知道你和我一样。

　　他第一次听见高长月这个名字，是在刚上大一那年，评委宣布入场的声音：八十三号考生，高长月，请入场。

　　当时的孟明朗有两个为自己定下的人生目标。

　　第一个，是在大学毕业前一定要从业余冰球队冲进国家队；第二个，是和大多数人一样，上大一，交一个女朋友。

　　他对女朋友这个角色的形象定位没有很具体，合得来，乖巧懂事，就足够了，所以这一项目标完成起来非常迅速。

遇见高长月,是在陪女朋友去钢琴考级的那天,他坐在表演教室外的长椅上,听见拐角处传来嘈杂的争吵声。

听起来稍年长的女声压着怒火说:"你考不考?不考就给我立马出去!"

"妈,我害怕,我弹不好,我不学琴了,可以吗?我保证,回去一定好好学习,我争取考好大学,我选别的好专业,汉语言、物理、医学都可以,我将来当老师或者医生护士,可以吗?"

十几岁的女孩,出口的话近乎每个音都在发抖。

"你听好,我再说一次,就凭你现在的成绩,想考滨艺的表演专业已经是痴人说梦,你只能退而求其次,选个乐器类的专业,将来我好托人帮你转系,明白吗?"

女孩沉默了,只有微弱的啜泣声萦绕在墙根边,过了很久,才听见女孩哽咽着说:"难道就因为我不是妈亲生的孩子,您才从来不关心我心里想什么,我想学什么专业,我喜欢什么,我将来想成为什么样的人……"

"对,你今天要是不给我进去考,从今往后我就没有你这个女儿!"

穿着花色长裙、妆容精致的中年妇女从角落疾步走出来,从孟明朗身前迅速擦过,头也不回地就要走,眼看人就要走出大门口了,从墙角飞奔出一个一头乌黑长发的女孩,跟着她从他身前擦过。

女孩跑过去,用近乎跪下的姿势抱住妇女的腿,边哭边说:

遇他时春风和煦

"我……我考,我去考,您别走……我一定好好考,您别丢下我……"

孟明朗的心突然就被狠狠刺疼了一下,随着那一声声强压着,却怎么也压不住的哭泣,他的心也一阵阵发紧。

他在那一瞬间,似乎能看穿那个女孩的心,那是这世上唯一一个愿意给她一个家的人,再怎么委屈害怕,也不能分开。

后来场内的评委叫道:"八十三号考生,高长月,请入场。"

他看见她擦擦眼泪,吸吸鼻涕,站在门口强挤出一个笑容,样子像极了一朵盛开在皑皑白雪中的苋葵花,坚忍、耐寒。

所以他在被选入国家队的那天,面对上百个球员号,一眼就选中了八十三号。而那段被他列入人生规划的恋情,也以极其快的速度结束在了那个夏日。

乖巧的女孩对他说:"夏天这么热,可我就是感受不到你爱的温度。"

那时候他也不懂,恋爱需要什么温度,这个温度又要去哪里找?

可是现在,此时此刻,他似乎有了那么一点点感觉,高长月说出那句"我也是"时,温软的气息轻轻吐在他的头顶上,他的心脏突然加速跳动,大脑也开始充血,绯红的颜色从脸颊开始蔓延到耳根。

高长月却毫无察觉,她还惊讶在"我知道"那三个字中,她张大嘴问:"你是怎么知道的?"

孟明朗给她的伤口消完毒,用绷带仔细包扎好,然后转过脸回了两个字:"秘密。"

这个回答显然是满足不了好奇心的,高长月还想追着问,可孟明朗已经在收拾医药箱了,高长月正想着怎么套他的话时,门咔的一声被人从外面打开。

两人一齐回头,然后三个人面面相觑。

"孟叔,"孟明朗率先开口,"你怎么来了?"

孟肖也算反应快,边收回目光边说:"听楠洛说你在他这儿,就想着来看看你。这是?"

孟明朗在心里叹口气,他这个小叔,果然是靠不住,和齐雷一个样,嘴上没个把门的。

高长月见状立马跟着孟明朗一块儿叫:"叔叔好。"

"这是我朋友,高长月,"孟明朗介绍道,"出了点小状况,她肩膀受伤了,我带她来包扎一下。"

说完,他又向高长月介绍:"这是孟叔叔,刚刚我小叔跟你说过的。"

高长月反应过来,都姓孟,那这应该就是万英医院的院长,孟明朗的养父了。

"叔叔好。"她十分恭敬地再次向孟肖打了招呼。

孟肖走过来,似乎是作为医者的本能,他想看看高长月伤势如何。

就在高长月伸出胳膊的时候,她包里的手机响了,是小呆打来的电话。

遇他时春风和煦

"长月,我奶奶摔倒了,还在手术中,我……我好害怕,你能来吗?"

一句话如平地惊雷,高长月握着手机的手开始颤抖:"摔得严重吗?在哪个医院?我马上过去……"

见她要走,孟明朗拉住她说:"我送你过去。"

孟肖也听出小姑娘怕是遇到急事了,他掏出车钥匙扔给孟明朗:"开车去吧,小心点。"

孟明朗接住钥匙,两人急急忙忙出了门。

市三医院,手术室外。

小呆已经维持一个姿势,蹲在门口整整一小时四十二分钟了,原本就娇小的身子紧紧缩在一起。高长月赶来时看到的就是这幅画面,小小的一团身影,和多年前第一次注意到她在水池边洗碗的样子完全一样。

高长月什么都没说,径直走过去,蹲在小呆面前默默抱住了她。

红色的大铁盒从她胳膊与大腿之间的缝隙中掉落在地上,哐当一声响,原本就没盖紧的盒子被摔成两半,里面是两张白色的字条和零散的红色钞票,高长月瞥了一眼,看到字条上工整的字迹,心里突然就酸涩到了极点。

人们都说这世上没有真正的感同身受,可面对那些千篇一律的悲伤,能够切身体会的人却太多太多。

小呆已经哭不出来了，脸上挂满泪痕，她把下巴轻轻搭在那个令她心安的肩头上，木讷地说："长月，如果奶奶没挺过来，我该怎么办？"

高长月拍拍她的背，安抚道："不会的，奶奶身体这么好，肯定不会有事。"

那天晚上，滨城下了入冬后的第四场雪，奶奶被推出手术室后直接进了重症监护室，二十四小时监控生命体征，高长月陪小呆守在门口，一夜没睡。

第二天一早，孟明朗带着早餐来医院探望，两人喝了点白粥，高长月去厕所随便洗了把脸，出来时正好碰上查房。医生从病房里出来，对门外守着的几人说："病人体征还算稳定，再观察两天，没什么大问题就可以转回普通病房了。"

就在大家都松了口气时，医生又补充道："不过，老人年纪大了，这次好在没有伤到神经，你们平时要小心照顾，这把年纪了，经不起折腾。"

小呆红着眼睛连忙点头："我知道了，谢谢医生。"

没过几分钟，小兰姐姐也来了，看着两个孩子憔悴的样子，她心疼道："长月，你妈妈在家里炖了鸡汤，你们两个快回去睡一觉，下午把汤打包一份带来，这里换我来守。"

孟明朗站在一旁，一直没说上什么话，直到这时才插一句："先回去休息吧，不然等奶奶醒了，看见你们没精打采的样子，又得担心。"

遇他时春风和煦

听到医生说奶奶没事,高长月整个人松了口气,才发觉自己困得连眼皮都快抬不起来了。小呆看她一眼,说:"长月,你回去睡吧,我在椅子上躺一会儿就好,我不放心奶奶。"

高长月看着那双同样充满倦意的眼睛,沉默了好一会儿,才点点头:"好,我下午再过来,你现在抓紧时间休息,一会儿奶奶醒了,你才能精力满满地陪她说说话。"

"嗯。"小呆给了她一个放心的眼神。

孟明朗说了一句"我送你",就跟在高长月身后,两人一起走了。

Chapter 07
为他奋力一战

一夜的雪，让这座城市重新覆上一层白衣，大道上的雪被过往的车辆碾轧，大多都已经化成了水，少数被碾轧到路的两边，厚厚堆积在一起。

走出医院，高长月呼吸了一口外面的冷空气，头脑清醒的瞬间，眼泪也绷不住了。在更脆弱的人面前佯装坚强和在更坚强的人面前释放脆弱，这大概是人类最原始的一种本能。

她哽咽着说："如果奶奶真的出事，小呆她……她身边就再也没有亲人了，我不知道要怎么安慰她，昨晚我也好担心，担心到不敢闭上眼睛……"

抽抽噎噎的哭声引得过往的行人投来探寻的目光，只是大家不过匆匆一瞥，没有人驻足留意。

孟明朗这二十多年的人生里，很少见过女孩子哭，更别提是在他面前不过两步之外的地方，哭到喘气都艰难。

他昨晚送她到医院，车还来不及停稳，她就急匆匆下车了，到底什么情况他也不清楚，所以今天早上他一睁开眼睛就过来了。

可哄女孩子这种事情，他真不擅长。

"你别哭，"孟明朗还是拿出那条随身携带的丝巾，生硬地往人脸上一抹，"哭久了，小心滨城这温度，把你的眼泪冻成冰碴子。"

高长月脸上挂着两条泪痕，瞪了他一眼："怎么可能！"

说完，她语气又突然软下来，补充一句："让我哭一会儿吧，哭够了再回家，不能让我妈看到我哭，不能再让她担心……"

软软的语气伴着冷冽的风从耳边刮过，孟明朗没有再搭话，他伸手帮她把连着外套的帽子戴上，遮挡四方刮来的冷风，再借着这个动作，用手心轻轻拍了拍她的后脑勺。

回到清风巷，已经是一小时之后了，下车前，高长月拍拍僵硬的脸，对单手握着方向盘调整停车位置的人说："谢谢你。不过因为奶奶的事情，我这两天可能没办法找你训练，如果明天奶奶的情况有好转，我给你打电话。"

孟明朗把车靠边停稳，回："没事，正好我能空出时间帮你借一套装备，还要找找练习的场地，不着急。"

"好。不过，我们会赢吗？"高长月问。

身边的人淡淡回她："会。"

人们总是喜欢对未知的事情提出疑问，然后从别人的嘴里得到一个满意却又毫无定数的答案。

西岸郊区的一处冰球场馆内，金帅领着一众队员，早早就开始上冰训练。

遇他时春风和煦

冰场的护栏外站着两个中年人,都穿着厚厚的棉服,其中一个手上还抱着一个暖水袋。

杨助教看一眼身边的人,语气有些戏谑:"我说余教,跟了你十多年,还是第一次见你用这东西。我听年轻人说,这东西叫什么'暖宝宝'?名字还挺可爱。"

余思久想反驳两句,可一口气刚提上来,却突然猛咳了两声,咳完之后,像是认命一般,摆摆手:"人老了,身体比不上以前,随随便便生个小病,都挺折磨人。"

"得得得,"杨助教被他咳得一阵慌,连忙示弱,"我不笑你了还不成?"

余思久把目光转向冰球场内正在进行有序训练的队员们,欣慰道:"这帮小子,怎么突然变得这么认真了?"

"昨天的事,你听说了吗?"杨助教也跟着他看向场内。

"听了一点儿,"余思久语气很淡,"齐雷那个大嘴巴,藏不住事儿。"

"明朗那孩子,不是个自私自负的人,至于那天为什么不传球,他们俩应该都跟你说过,我说实话,你那天应该是伤那孩子的心了。"

余思久沉默着没回话,他想起那天那个眼神,发红的眼眶盛着一双深邃的瞳仁,他以为那是愤怒之下的自然反应,可如今想来,该有多委屈,才能忍到眼眶发红,也不愿意让一双眼睛蒙上水雾。

"等他把那场闹剧收拾完,就把他叫回来,接着往下训练吧。"

听到这句话,杨助教默默松了一口气,点点头说:"也不知道那小子能不能赢，要是比输了，咱俩这名头可就得在体坛落下三分啊。"

"什么名头？"余思久反驳，"都是些虚头巴脑的东西，帮他比赛的那个小姑娘，你去查了没有？"

杨助教回答道："查了，是艺术学院的，就上回在训练场偷听的那个姑娘，好像并不是明朗的亲戚，不过没接触过冰球这项运动是真的。"

"这么实诚，少不了要吃亏。"

"他不一直都是这样吗？训练场上没偷过懒，就连体罚都没耍过滑头，"杨助教偷偷看了余思久一眼，"不过我这次不光查了那个小姑娘，还查了下明朗的家庭情况，他父亲是万英医院的院长，母亲是医院妇产科的护士长，家境优渥；成绩方面，从小到大算不上顶尖，但也是优秀那一类。可惜的是，听说他是那家领养的孩子。"

"领养？"余思久反问。

"对，二十一年前，从冬乌镇……"

冰场内此时爆发出一阵欢呼声，似乎是某个队员完成了一次高难度的打门动作，高昂的呼喊声完全盖过了"冬乌镇"这三个字，场外两人的目光被场内的欢呼声吸引，那剩下的半句话便也没有再说了。

高长月回家狠狠睡了一觉，直到下午三点才被闹钟叫醒。她起

遇他时春风和煦

床四处转了一圈,高满不在家,厨房的汤锅里温着鸡汤。她洗漱完,匆匆喝了两口汤,打包一份之后去了医院。

病房里,小呆正捧着一本故事书,念到好笑的部分会停下来笑好一会儿。病床上躺着的老人,头上缠着纱布,见孙女一笑,她也跟着笑起来,眼角的褶子弯成一道月牙。

小兰姐姐坐在一旁的凳子上,手里削着苹果,她最先看见高长月进来,招呼道:"长月,你来了?"

小呆回头看一眼,收起故事书,起身往旁边站开两步。

"小兰姐姐,辛苦你了。"高长月把鸡汤放在床头的柜子上,随后转头看向病床上的老人,"奶奶,我只允许您这一次进医院,以后不准您再生病,不准摔跤、不准感冒,反正,我要您身体倍儿棒,这次好了就不准再进医院,听到了吗?"

老人笑呵呵握住她的手:"就你这个小丫头嘴贫,奶奶听到了,保证以后好好的,好好看你和我家小呆高高兴兴嫁人……"

一听到"嫁人"这两个字,小呆喉咙又哽咽了,她忙说:"奶奶,我不嫁人,我要陪着你一辈子。"

小兰姐姐在一旁插嘴:"女孩子哪有不嫁人的道理呀,总是要生儿育女,要当妈的。"

"小兰姐姐,你说这话之前,还是先找个男朋友吧。"

高长月和小呆近乎是异口同声说出这句话,两人说完相视一笑,病房里老少的笑声融在一起,随着奶奶的脸色越来越好,大家的心情也慢慢从阴霾中走了出来。

又一天过去了,高长月在早晨六点的闹铃声中悠悠醒来,想起接下来的任务,她用双手在眼皮上胡乱揉了两下,整个人清醒了许多。

高长月给孟明朗打去电话,对方迷迷糊糊应两声,之后叫她一小时后在巷口等他来接。

冬天的滨城,早晨六七点天还没有完全亮,灰蒙蒙一片的清风巷里,三两个行人低头疾走在路边,稀疏的几棵白桦树上,融化的雪变成水从枝头落下来,砸在地上,发出吧嗒吧嗒的细小声响。

高长月裹着厚厚的棉服站在路口的路灯下,只等了不到一分钟,远处一道车灯随着车身疾驶而来。

车稳稳地停在高长月面前,孟明朗从驾驶座伸长腰身,腾出一只手把副驾驶一侧的车门打开,高长月探头看了一眼,随后扒拉两下衣服上的寒气,一屁股坐了进去。

车里的暖气开得很足,孟明朗一边启动车子,一边问:"老人家身体没事了吧?"

"好多了,"高长月把衣服拉链拉开一些,"医生说今天再观察一天,没事的话,明天就可以转入普通病房了。"

"那就好。小呆呢,她还好吗?"

这还是高长月第一次听到身边人提到小呆,她回答道:"只要奶奶好,小呆也就可以很好。"

孟明朗目视着前方,点点头没往下接话。高长月环视一圈车内,

遇他时春风和煦

确认车就是之前孟叔叔给他开的那辆,于是问:"你这两天都开你叔的车,他上下班不用车了吗?"

被问的人用一种略微疑惑的眼神看她一眼,回:"家里不止一辆车,光是我那个弟弟出国前留下的,就够他换着开好一阵子了。"

果然,无形的炫富最致命。而且这个被别人无形炫富的坑,还是她自己挖下的。

高长月撇撇嘴,转移话题:"你还有个弟弟?"

"嗯,大一没上几个月就跑去国外学动漫设计了。"

说着,孟明朗一打方向盘,车子拐进一个地下停车场,两人的闲聊随即终止。

停车场的正上方是一个冰球俱乐部,里面的冰球场虽然面积不大,却配备齐全。孟明朗从后备厢拎出两个巨大的盒子,里面是两套冰球服,他把其中一套守门员专用的递给高长月,说:"这是我找一个跟你差不多身形的学姐借来的,你这几天就穿它吧。"

高长月没想到这东西有这么重,差点儿没接住,被孟明朗看见,他笑着又从她手里接过盒子,一边一个背在肩头。

高长月瞬间有点儿窘迫,不过她立马想到自己肩膀上有伤,于是给自己解围:"我不是没有力气,我是因为肩膀上的伤还没好,所以拿不动。"

"是吗?"孟明朗往前走去,"那要不要我一会儿再帮你换下药?"

"不用，不用，再过两天，应该能好了。"

高长月小跑着跟上去，其实那伤口早就不疼了，只要晚上睡觉不压到，基本上正常活动没什么影响。

她以为现在这样就算很窘迫了，没想到到了冰场的休息室，孟明朗打开盒子，直接来一句："脱衣服。"

"啊？"高长月心里一慌，问出一个很傻很白痴的问题，"脱衣服干吗？"

孟明朗回头看了她一眼，眼神平淡，却又让人觉得那双漆黑的瞳孔里还有些别的什么，他说："不脱衣服，你怎么穿冰球服？还有鞋也脱了，袜子和保暖内衣要穿着，我先出去，你把冰服套上，好了叫我，我进来帮你戴护具。"

话说着，人已经走到门口了。高长月看着他，呆愣愣地点了点头："好……"

等人出去，高长月拿起那套白蓝相间的厚重冰服，认真研究了三分钟，才把它以正常的状态套在自己身上。她朝门口喊了一句："我穿好了。"

孟明朗似乎一直待在门口，话音刚落，人就走进来了。见高长月只穿着袜子踩在地板上，他从旁边的凳子上抽出一个软垫放在地上："过来，站在这儿。"

高长月乖乖走过去踩在软垫上，先是从脚踝处开始防护，然后是膝盖、手腕、手肘、胸口，孟明朗一步一步帮她戴上护具，最后让她坐在一旁的凳子上，帮她穿上冰鞋，一双连鞋带都是纯白色的

冰鞋。

　　修长的手指握住她的脚跟,另外一只手拿着冰鞋,十分熟练地帮她套上,最后系紧鞋带,整个过程不到一分钟。

　　"你站起来,蹦两下看看鞋带松不松,有没有哪里不舒服。"他说。

　　高长月听话地伸出一只手扶着身后的墙慢慢站起来,可站到一半,她腿就有点儿发软,这种和大地仅靠一片冰刀支撑的感觉,真的让人很没有安全感。

　　她又跌坐回去,有些尴尬:"我……我腿软。"

　　"别怕,"孟明朗侧身过来,朝她伸出两只手,"拉着我,身体向前倾,腿部弯曲,脚向内用力,就能站起来。"

　　高长月看着那双手,犹豫了几秒,才把手搭上去,借着身前的力量,顺利站了起来。两人之间的距离被瞬间拉近,先入眼的是凸起的男性喉结,像是一座荒漠中的小山丘。

　　耳根一红,她连忙把视线往下拉,盯着脚上那双鞋,小声惊呼道:"好稳啊,怎么一点儿也不滑?"

　　原本以为站起来会很容易滑倒,没想到冰刀竟然能稳稳贴着地面,除了对悬空的有一点点不习惯,没有其他不适。

　　"你走两步试试,"孟明朗拉着她往前,"冰刀在地面有阻力,你可以用正常的姿势走路,但一上冰就不一样了,你先适应一会儿。"

　　面前的人慢慢放开她的手,高长月独自走了两步之后,已经敢轻轻蹦跶两下了。看她没有之前那么害怕,孟明朗帮她把头盔戴上。

在休息室里溜完两圈,高长月越发熟练地踩着冰鞋走出去,站在门口等着孟明朗换上装备,他的冰球服是红色的,看起来很像双龙队的队服,只是没有队徽。

没过两分钟,孟明朗开门走出来,手上拿着两根球杆。他把其中一根递给高长月,示意她接着,随后两人一齐踏上冰场。

接下来的一小时,高长月是在摔跤中度过的,大摔没有,小摔不断,在冰面上杵着冰球杆都站不稳。

高长月这会儿算是明白那句"上冰就不一样"是什么意思了,她累得不行,直接往冰面上一坐:"我能歇会儿吗?"

孟明朗原本是在给她演示滑行动作,听到这句话直接一个急刹,稳稳停下来,脚下的冰刀像铲雪一样,铲起薄薄一层冰碴子溅落在高长月的冰鞋上。

高长月耷拉着眼角,看见他那敏捷娴熟的动作,顿时像吃了柠檬一样,酸上了天。孟明朗透过头盔的防护网瞟了她一眼,说:"你歇着,我简单给你说一下冰球这项运动。"

孟明朗边说边简易地演示着动作:"冰球是结合滑行、运球、传球、射球和身体阻截等技巧相互攻守的一项集体冰上运动,不过这次比赛,你比的只有守门这一项,所以运球、传球这些你都不用学。守门员最主要的是稳,另外是短距离内滑行和压步,我们的时间不多,你只要学会这两项就可以了。"

遇他时春风和煦

"好,"高长月撑着球杆慢慢站起来,"来吧,先学滑行是吧?"

孟明朗倒着滑出去两步,看着她问:"你还行吗,要不再歇一会儿?"

想到离约定的比赛时间没剩几天了,况且当初这个提议还是她提出来的,更不能输,高长月便给自己打气,回道:"我可以的。"

"那就来吧。"

孟明朗先是面对面拉着她练习,慢慢地,他开始放手,然后倒滑在高长月前方,距离从一米拉到两米,最后把距离保持在五米左右,看着高长月一点点从跌跌撞撞到勉强能滑行一段距离,一圈,两圈,三圈……

在数不清滑行了多少圈之后,高长月终于不再摔跤了,她甚至还可以在孟明朗下场之后,站在界墙外招呼她过去喝水时,独立滑行过去。

她在那一瞬间觉得这块冰场好像对自己施了魔法,她竟然喜欢上了这种极小阻力下尽情滑行的感觉。

像飞一样。

也是在这一刻,她似乎突然明白,为什么有那么多运动员愿意为他们选择的运动项目付出数倍的努力,甚至还有的人奉献出一生,原来都是因为热爱。

心里那个必须要赢的执念,在此时也有了微妙的变化。

孟明朗最开始学习打冰球,就是在这家冰球俱乐部,正好这周他们的学员都被拉到邻市去打交流赛,他才能借到场地。

高长月在这里整整练习了三天,才把滑行和压步学得勉强像样。

第四天的时候,场地上不知道什么时候来了一个高长月并不认识的人,是个女生,扎着高高的马尾辫,体形比一般女孩子稍微健壮一些,五官看起来也更刚毅一些,她趴在界墙上朝冰场上的人打了声招呼:"嗨。"

高长月停下来看着她,道:"你好,你找谁?"

那人朝休息室的方向指了指:"我找他。"

高长月顺着她指的方向回头看去,孟明朗正拿着毛巾从休息室出来,他挥挥手,熟稔地喊:"晶姐,怎么来这么早?"

"你请我帮忙,我肯定要早点来呀。"被叫作晶姐的人顺着界墙走了一圈,绕到休息室的方向,从运动员进场的位置走进来。

见两人认识,高长月也跟着滑过去,站在孟明朗身边。

"这是白晶,我们校冰球队的首发守门员,"孟明朗介绍她,"有些守门的技巧,她来教你更好。"

孟明朗上前帮高长月解下头盔,用毛巾边给她擦汗,边向白晶介绍:"这就是我跟你说的,明天要帮我打比赛的人。"

似乎觉得擦汗这个动作过于亲昵,高长月不太习惯地往后缩了一下,她略微尴尬地做出握手姿势:"白晶姐,你好,我叫高长月。"

白晶并没有跟她握手,而是挥手在她的掌心拍了一下:"挺有勇气啊,小姑娘。"

高长月不好意思地笑了笑。

遇他时春风和煦

没过两分钟,白晶也换上冰球服上场了,她没有急着给高长月上课,而是冲孟明朗说:"来,咱俩先比一场,让姐看看你去国家队这几个月,有没有长进。"

孟明朗咧嘴一笑,提着球杆上场。白晶站在球门前,双腿弯曲,身体前倾,脸被罩在头盔里,看不清表情。

第一回合的射门,高长月甚至都来不及反应,只看见孟明朗从中场的红线挥杆运球,然后就是嘭的一声响,那颗圆圆的小球被球门前的人跪地拦下,砸在她小腿前的挡板上,反弹出去。

"再来!"白晶迅速起身。

孟明朗甩甩手,再次运球进攻。

总共三次射门,孟明朗只进了一个球,而整个过程,高长月都看呆了,因为她几乎都没怎么看清楚,球是怎么被拦下来的。

"不错,有进步。"白晶夸完,转头看着有些发愣的高长月,"你刚刚看到的,只是一场再正常不过的射门和守门比赛,那小子只出了七分力,否则我拦不住他两个球。"

孟明朗耸耸肩,退到墙边,为另外两人腾出场地。

高长月看一眼白晶,小声问:"七分力,他有那么厉害吗?"

"单论射门的能力,他很厉害。"白晶从球门移开,示意她过来,"不过冰球运动从来不是一个人的战场,真正比赛的时候,能力能发挥出多少,对临场的判断正确与否,都是有很多因素影响着的。"

高长月似懂非懂地点点头，滑到球门前停下来。白晶把球运到离球门一米远的地方，说："因为你明天就要上场比赛，太复杂的东西我就不说了，看好我球杆下的这颗球。"

白晶说着就运起球来，却只是在原地左右运球，那颗小球被球杆来回击打，移动的范围很小，高长月听话地盯着，连眼睛都不敢眨。

"你太紧张了，放松。"白晶放慢一些速度，"你明天的比赛只需要防守一个人，所以不需要提醒队友在场上的选位和盯人，你只要看准这颗球，它在什么地方，什么时候会向你身后的球门射来。你要做的很简单，高度集中注意力，只看球，然后不管是跪扑还是拿身体挡，竭尽全力把球拦下来，你就赢了。"

"好。"高长月眨眨眼，轻轻吐了一口气。

白晶边运球，边举起三根手指，继续道："我数三下之后就会射门……"

高长月紧盯着那颗球，耳朵也竖起来好好听着。

"一、二……"

嗖的一声，球以极其快的速度被射出，从高长月的胯下滑进球门，她呆在原地，球都进了还没反应过来。

"不是数到三才射门……"

高长月一句话没说完，就被白晶用球杆敲了敲脑袋："我让你看球看球看球，没让你听我数到几，把你这耳朵也给我关上。"

唉！

高长月愁着一张脸："白晶姐，你这招也太狠了，我以为你抬

遇他时春风和煦

手比动作是想吸引我的注意力,所以我一直盯着球没去看你的手,没想到还是被你给忽悠了。"

"在赛场上,杂音比现在要多上几百倍,你什么都想去听,还守什么门?"

白晶把球运回来,开始新一轮的训练。

在场上没什么事的孟明朗出去给两人买午饭,回来时,场上两人还在训练,白晶一会儿用球杆敲敲高长月的胳膊,一会儿敲敲腿,说:"你这手脚太慢了,身体要灵活,脚下的动作更要快,否则怎么挡得住速度那么快的球。"

"好好,我练,"高长月把压步的速度加快,"我再练练。"

孟明朗站在休息室门口,招呼两人:"先来吃饭吧,下午再练。"

这句话对此时的高长月来说,简直就是福音。之前孟明朗训练,她还能偷偷懒,他看见了也不说什么,现在换白晶姐训练,她简直是一刻都不敢停。

白晶不光忽悠她的招式多,还爱动手,虽然不疼吧,可只要一看见那杆子挥起来,她就有点儿慌。

吃过饭,白晶让孟明朗验收她教了一早上的效果。

高长月还挺有信心,往球门前一站,乍一看,姿势倒是十分规范。孟明朗还是从中场的红线处开始运球过来,只是滑行速度在临门前骤减下来,球被控在原地,他冷不防说一句:"看着我的眼睛。"

高长月把视线移到那双眼睛上，黝黑的瞳孔在和她对视上的那一秒，似乎流露出几分笑意来。

高长月暗道糟糕，立马收回视线，可根本来不及了，球已经被挥杆打出，她想或许跪扑还能拦住，于是脚下连忙用力，不想却重心不稳，冰刀往后一滑，整个人失去平衡，朝前扑去。孟明朗被她撞个满怀，两个头盔在空中相碰后，两人双双倒地。

观看了全程的白晶从远处滑行过来，在高长月本来就被撞得晕乎乎的脑袋上又敲了两下："看球看球看球，我都说多少遍了，看来你对这个美男计还没免疫是吧？你们两个，起来再给我多练几遍。"

这一跤摔下去，相碰的除了头盔，还有头盔下那两道浅浅的呼吸。高长月被敲了两下之后，才算稍微清醒一点儿。她急忙从孟明朗身上爬起来，面红耳赤地去捡被摔到旁边的冰杆。

在孟明朗和白晶的轮番训练下，高长月滑行和压步的技巧都进步了很多。第二天，她信心满满地去到杨浩选好的场地。

高满的茶室今天没营业，她去医院照顾小呆奶奶，所以小呆也能抽出空来看这场比赛。高长月环顾一下四周的观众席，还有很多熟悉的人，金帅、齐雷、赵建、白晶都来了，就坐在观众席的第一排。

孟肖也来了，他身边坐着一个绾起头发的中年妇女，看起来温婉大气，两人选了一个靠边的角落坐下。

进休息室换装备前，小呆拉拉她的手，说："加油，长月，我

遇他时春风和煦

相信你能赢。"

　　说完,她把目光移到站在一旁的孟明朗身上:"你也加油。"

　　此时,从场馆的入口进来两个人,身边还跟着一个小姑娘。他们没有选座位去坐,而是站在观众席最高的位置,似乎打算就这么站着看。

　　孟明朗的视线追着那两道身影而去,对小呆鼓励的话,只是心不在焉地点点头,以作回应。

　　"放心,"高长月拍拍好友的肩膀,"毕竟输赢,关系着孟明朗的去留问题,我肯定是不能输的。"

　　她这句话成功地把孟明朗的注意力吸引回来,他收回视线看着她,浅笑说:"走吧,时间差不多了。"

　　杨浩已经带着一个女孩子先进了隔壁的休息室,那女孩长什么样,高长月没看清楚,只看到身形,是比自己高、比自己壮的人。

　　这场非正式的"比赛",一共分为两场,由孟明朗和杨浩各打一场,每场用时十分钟,谁进球多就算谁赢。

　　由双方抽签决定谁先上场,高长月抽到了一,所以孟明朗先上场。

　　对面守门的姑娘穿上冰球服之后整个人又大了一圈,看那体形,八成本来就是从事体育行业的人。高长月暗想,也怪自己当时没说清楚,只说找不会打冰球的人,没说要找像自己一样完全不是体育行业的人,这点暗亏,只能忍了。

孟明朗刚开场三分钟，就打进了五个球，齐雷在观众席上扯着嗓子喊"加油"。看场上的人运球和射球的动作比自己平时训练快了好多，高长月突然有点儿赛前紧张，她看了一眼不远处正在候场的杨浩，也不知道他实力怎么样。

就一会儿的时间，场上赛程已经过半，大屏幕上的进球数量为八。白晶不知道什么时候过来的，站在她身边说："别紧张，一会儿正常发挥就好。"

高长月戴着头盔，转头看她一眼，深呼口气没说话，只是微微点头，也不知道是在表示"知道了"，还是在表示自己"不紧张"。

十分钟赛程结束，孟明朗总共进球十二个，他在下场时就把头盔脱下，用一只手夹在身侧，经过高长月身边时，语气很轻地说："放轻松，我不是一定要你赢。"

高长月深深看了他一眼，没说话。

一旁候场的杨浩已经提杆滑进场了，高长月握紧球杆跟着一块儿滑进去，站在球门边等待裁判吹哨。

前三次射门，杨浩似乎是在试探她的实力，进攻并不猛，都被高长月把球挡出去了。第四次进攻他才提速，还从左边虚晃了一下，高长月一不留神，让他进了一球。

她迅速在门前调整好姿势，等待对方下一次进攻。之后双方的攻守状态近乎平衡，挡下两个球，能进一球，这个状态一直持续到赛程八分钟，高长月看了一眼大屏幕，目前的进球数量是九。

这一分心，又让对方进了一个球，大屏幕上的数字滚动，进球数滚到十。

    高挂在赛场上的计时器嘀嗒嘀嗒，时间一分一秒过去，临近比赛尾声，杨浩似乎体力开始不支，有个球还打偏了，直接从球门边擦到后场。

    赛程进行到九分三十秒时，杨浩铆着劲挥杆远射，球在空中滑出弧线，从高长月的头顶射入球门。

    进球数滚到十一。

    最后三十秒，杨浩急于进球，连续快射了两个球，高长月注意力高度集中，都把球拦下来了。

    最后五秒，杨浩挥杆运球，急速冲向球门，他眼睛里似乎烧着一股必须要进球的火，这是他最后的机会，他不能输。

    离球门一米远时，杨浩找准门前的防守空隙，挥杆、打门。

    毫无阻拦，球进了。

    这个球进得全场人都蒙了，因为高长月守在门前，就保持着一个姿势一动不动，什么拦球的姿势都没做。

    这一球，连小呆这个完全不会打冰球的人都看出来了，是高长月故意放进去的。

    杨浩就站在球门前，气红了眼质问："你什么意思？"

    此时，计时器走完最后一秒，一声口哨声响彻整个场馆，裁判吹哨，比赛结束。

    十二球 vs 十二球，双方平手。

高长月从胸口长长呼出一口气,她太紧张了,只不过紧张的从来不是谁输谁赢,而是怎么让大屏幕上的比分相同。

　　这场比赛,杨浩少进一球或多进一球,都是她不愿意看到的局面。

　　面对那句质问,高长月深呼吸一口之后,回:"杨浩,没有谁有权因为输掉一场比赛就放弃自己一生热爱的东西,你在说出放弃冰球这句话之前,不妨先问问你手里的球杆同不同意。"

　　杨浩眸光一动,定定地看着面前这个女孩。

　　"还有,"高长月又补充,"孟明朗是真正靠实力进的国家队,他有必须要站在那个地方的理由,这个理由很重要很重要,所以他不能离开。如果今天这场打平的比赛还不能让你服气,那以后在正规的赛场上,你们之间有了对战的机会,你再拼尽全力去战胜他,好吗?"

　　见比赛结束,两人还迟迟不下场,孟明朗脚下一动,滑行过去,站在高长月身边,低声问道:"怎么了?"

　　"没事,走吧。"高长月看了杨浩一眼,率先朝场下滑去。

　　孟明朗凝眉也跟着看了杨浩一眼,他在场外能看见两人之间说了什么,可现在也不好问,于是掉头跟在高长月后面打算下场。

　　"孟明朗,"之前一直沉默的杨浩突然叫住他,"明年的市联赛,我在决赛圈等你。"

　　被叫住的人脚下没停,回头应了一声:"好。"

遇他时春风和煦

到此,这场闹剧般的比赛算是真正结束了。

赵建在观众席的入口处拦下换完衣服的两人,刚刚最后进的那一球是什么情况,他看得一清二楚。

"谢谢。"他对高长月说出这两个字之后,从两人身边擦过,追上刚刚出了场馆的好友就走了。

"你刚刚跟杨浩说了什么?"孟明朗问。

高长月朝观众席大家在的位置走过去:"我跟他说,我只训练了五天,然后问他我打得好不好,他说好。"

"就说这个?"

"是啊,"高长月停下来等他跟上,"你觉得呢,我今天打得好不好?"

孟明朗假装想了一会儿,才说:"我觉得打得好。"

"那就行,虽然我不知道那个你想战胜的人今天有没有来,但是我想,只要我今天打得好,他总能知道,你教出来的徒弟,一点儿也不差!"

高长月走在前面,乌黑的长发被扎在后脑勺上编成小辫,她说出口的话,就这样一个字一个字地敲进了孟明朗的心里。

在观众席上,齐雷那伙人还没走,小呆站在他们中间,等高长月过去。

见两人走近,齐雷嘿嘿一笑,打趣道:"'大表妹',你这招平手打得好啊,那个什么破赌约,两个都不作数了!"

"是啊,"金帅搭腔,"我们肯定是不愿意明朗输的,可要是那个杨浩输了,咱们也不忍心让他走,这下打平了好。"

高长月被夸得有些飘,完全忽略了那句"大表妹"的称呼,她招手让小呆过来自己身边,随后把手搭在好友的肩膀上:"我也是这么想的,所以才想到这个办法。"

几个大男人都笑呵呵地夸道:"厉害,厉害……"

"你们今天怎么有时间过来?"孟明朗问金帅。

齐雷抢着回答:"今天例休啊,教练他们也来了。"

说着,他伸手往后场指了指。那边正走过来三个人,余思久和杨助教,身边还跟着一个小姑娘,一副小学生的模样。

那个小姑娘三两步跳过来,仰着头看孟明朗,发表自己的看法:

"我觉得,还是这个哥哥打得好,进球游刃有余,不像另一位哥哥,打得心急火燎的。"

余思久出声喝止:"你懂什么,别瞎说!"

小姑娘撇撇嘴,像是被那声喝止给吓到一样,跑到孟明朗身后躲起来。

"余小枝,"齐雷逗她,"你认识他是谁吗,你就跑人家身后躲着了?"

小姑娘气鼓鼓地回:"哼,那我也不躲你背后。"

孟明朗进队不久,没见过这个孩子,不过齐雷他们跟这个孩子熟,金帅给他介绍道:"这是余教练的女儿,小时候天天来咱们队里玩,不过最近听说成绩不理想,教练不让她出来玩了。"

被人这么一说,小姑娘顿时面子上过不去,想反驳两句,却看到自家老爹已经走到跟前了,于是乖乖闭上嘴。

齐雷一看,火上浇油:"怎么都长这么大了,还怕你爸呢?"

余小枝狠狠瞪他一眼,瞪完又往孟明朗身后缩了缩。

看两人已经走到跟前,金帅率先招呼道:"余教练、杨助教好。"

余思久沉着声音"嗯"一声,算是回应。

杨助教倒是没注意其他人,直接看着孟明朗说:"明朗,没在队里训练,你这个打门的技术,怎么还越来越好了?"

话刚说完,杨助教包里的手机就响了,他拿出手机走远几步去接电话,不过他那句听起来是夸奖的话,将另外几人的注意力成功拉回了正道。

齐雷还是发挥了他大嘴巴的技能,大剌剌地问:"教练,您看明朗归队这个事情……"

高长月和小呆站在一边,两人听到这句话,都莫名有些紧张。这个余教练,高长月之前是见识过他的严厉的,也不知道他会不会答应让孟明朗继续回去训练。

金帅见状,连忙从身后探一只手过去,拍拍孟明朗的手臂,示意他说两句。

孟明朗擦擦手心的汗,说:"教练,对不起,我那天……"

"不用说了,"余思久沉声打断,"要是事情忙完,就收拾收拾,自己回来,别把训练给落下了。"

"谢谢教练!"孟明朗神色放松了下来。

齐雷和金帅在一旁跟着附和道:"谢谢教练!"

随后两人下意识抬手啪叽啪叽地鼓掌,只是没有其他队员的默契配合,两人拍两下就略微尴尬地停下了。

高长月深深松了口气,在场的人也都为如今的结果感到满意。

这时,刚刚走出去接电话的杨助教回来了,他对余思久说:"体委那边来电话,说让你去一趟。"

"走吧,"余思久转身走时,还不忘朝孟明朗身后那个小人儿招呼,"小枝,过来!"

余小枝不情不愿地走出来,试探道:"爸爸,我能和哥哥们玩一会儿吗?"

"不行,别忘了你早上答应的,看完比赛就回家写作业。"

"好吧。"小姑娘噘着嘴,回头冲大伙道别,"哥哥姐姐们再见。"

高长月和小呆被这声招呼惊了一下,原本以为她们站在角落,一句话没插上,小姑娘应该没注意到她们,没想到走前还能被人叫声"姐姐",心里甜滋滋的。

两人笑着挥挥手,算是回应了。

孟明朗看着身前小姑娘一脸不高兴的样子,便弯腰和她保持平视,伸手在她头顶摸了摸:"再见,改天记得写完作业再出来玩。"

小姑娘捂着头跑开,哼唧一声:"你摸我的头,我记住你了。"说完就扭扭捏捏跑远了。

孟明朗看着她蹦跶到余思久身边,小手自然地往父亲手心里一塞,一大一小两个身影慢慢消失在场馆中。

在这一瞬间,孟明朗打心底里觉得,这世间的一切美好,都抵不过那一刻自然而然流露出的亲近,那才是亲情该有的样子。就算对那份威严会偶尔感到害怕,可那有什么关系,他是她的父亲,她是他的女儿,他们之间,是相互爱着对方的。

众人分开时,高长月和小呆被孟明朗留下,说要送两人去医院。

三人刚出场馆,路对面的一辆黑色轿车里就下来一男一女,女的喊道:"明朗!"

遇他时春风和煦

听到声音,他们都齐齐看过去。高长月认出其中的男性,是前不久碰见过的孟叔叔,他身边的那位应该就是他的妻子了,刚刚在观众席也看到这两人,只是比赛一结束,就没再看见他们了。

孟明朗回头冲两人说道:"我过去一下,你们先去停车场等我。"

"要不你别送了,我和小呆打个车走吧。"高长月说。

其实高长月现在就是一个穷学生,兼职还"黄"了,如果他真不送,她跟小呆只会去搭公交车。好在孟明朗没当真,他跑出去两步,听到这句话,又停下来说:"等我,很快回来。"

看着那个再次跑起来的背影,小呆目光往前移过去,定在马路对面的两个中年人身上,问:"他们是谁啊?"

高长月张张口,最后又犹豫了几秒,才说:"孟明朗的养父母,之前见过一次。"

"看来那个杨浩说的,都是真的了。"

"也不全是真的,"高长月拉着好友往停车场走,"靠关系进国家队那点就是假的。"

小呆跟上去,眉一皱:"我都忘了还有这句话,不过他好可怜。"

"谁不可怜?你、我,还有路边的流浪猫狗,这世上可怜的东西可太多了,他孟明朗虽然是被收养的,可你看人家养父母多有钱,比咱们好太多太多了。"

"那不一样。"小呆难得反驳一次,"你和我,好歹身边还有亲人,像我,虽然奶奶年纪大了,可怎么说我也知道我的家在哪儿。

但孟明朗就不同，抛开那一层领养关系，他身边一个亲人都没有。"

　　高长月看着好友摇摇头，笑着岔开话题："来，我们跳着走，暖和。"

　　她差点儿忘了，关于自己的身世，小呆并不知道，包括整个清风巷里，没有人知道她也是被领养的孩子，大家只知道她们家是孤儿寡母，单亲家庭。

　　她其实多想说：傻小呆，我也一样啊。

　　可滨城冬天的风过于凛冽，有些藏了太久的秘密就像被冷风刮进喉咙，哽住了，没法开口。

　　之后两天，高长月帮小呆把奶奶出院的事情忙完，又开始着手找兼职的事情了，毕竟假期还长，总得找点儿事情做。

　　可无奈的是，能做的兼职几乎都已经招满了，就连路边发传单的，高长月都去问过，回复都是统一的：目前不需要了，谢谢。

　　最后没办法，高长月晃到人才市场，想着能不能捡点漏，只要有人招，她什么都干。不过让她没想到的是，竟然在人才市场的大门口遇见了挂着相机的何玛。

　　"你怎么在这儿？"

　　两人同时发问，完了高长月补一句："学长，你先说。"

　　"我陪一个前辈来这里招聘，"何玛把相机的镜头盖合上，"再顺便拍点照片回去当素材。"

　　"你们校报的还需要招聘？"高长月不解道。

遇他时春风和煦

何玛摇头:"不是校报,学校放假了,校报没什么事,我每个假期都在这家新媒体做点兼职,帮忙打打杂什么的。"

想到他刚刚说来这里招聘,高长月眼睛一亮:"你说你们公司今天在这儿招聘?"

"是啊。"

"招全职还是兼职?"

"全职。"

"……"

高长月泄气了。看她这样子,何玛算是反应过来了,他问:"你不是来这儿找兼职的吧?"

"对啊,之前我找的地方出了点小意外,没去成,现在再来重新找,人家基本都招满了。"

"假期求兼职的学生太多了,岗位供不应求啊,"何玛挠头想想,"不然我帮你问问我们人事部的前辈,看看能不能把你要进来。"

"真的吗?"高长月欣喜一秒,之后立马冷静下来,"可是人家招的是全职,能要我吗?"

何玛语气轻松道:"试试呗。这种公司部门多,人员也比较杂乱,兼职工这种职位,多一个不多,少一个不少。"

"那行,就这么说好了,你帮我问,要是我兼职有着落了,下学期我一定帮你在林辛面前多说好话,怎么样?"

高长月看兼职有希望,顿时眉开眼笑。何玛听她这么说,虽然面上有些难为情,嘴上却答应得迅速:"行,学妹够仗义。"

两人就这么说定了，高长月回到家里等消息。她以为可能要等上个两三天，没想到第二天一早何玛就打来电话，说兼职搞定了，当天就可以去报到。

高长月欣喜若狂，有了这份兼职，她不仅能把剩下的假期填满，还能挣工资补贴下学期的生活开销，而且何玛在电话里也提了一下薪酬，比她之前那份培训班的还要高一点点，这简直是出乎意料的结果。

小呆把奶奶接回家里之后，好几天没去摆摊了，所以高长月收拾好东西出门，先去了小呆家里，跟好友分享一下好消息。

小呆听到之后也替她高兴，临别前在她书包里塞了一袋热牛奶，让她路上喝。

可俗话说得好，天上掉馅饼这种事，存在的可能性基本为零，还有古话说，福祸总相倚。

高长月去报到之后，十分钟填写完兼职员工的信息采集表，第十一分钟，她就拿到了第一项工作——

走访某冬奥冠军的故乡，采集信息带回来给前辈们用作撰稿素材。

这个工作不需要任何的专业知识，带着上级给的一些问题，拿上录音器材，去到目的地只管找人问就好了。

看她可能还不太了解这份工作的艰苦程度，何玛一脸担忧地拍拍她的肩膀："学妹，注意身体，快去快回，差不多走访两三户人家，

遇他时春风和煦

就收工回来吧。"

高长月还在摆弄手里的录音器，心不在焉地回一句："两三家？那不够吧，我看这问题还挺多的。"

"你傻吧，"何玛解释道，"这种话题热度根本就不高，公司里没多少人重视，也就是因为滨城马上要开展冬季冰雪运动大赛了，所以这个压箱底的采访报道才能被翻出来，之前一直没人愿意去实地走访，这下你来了，干苦力的活就分给你了。不是哥对不住你啊，我这边的工作任务早已经分派好了，不然还能陪你一起去。"

高长月摆摆手："没事，我来回都车接车送的，打个车还能报销呢，怎么就苦了？"

"你好好看看你的走访单，"何玛帮忙翻开她手里捧着的文件夹，"冬乌镇，单程六小时车程，还都是盘环山路，你晕不晕车另说，那地方经常封路，天一冷，那雪往山路上一落，能冻起一层冰来。不过听说近年来因为镇上的雪景不错，从外地来旅游的人都爱去，环境好了不少，反正你自己小心点，早去早回吧。"

"冬乌镇？"高长月跟着重述了一遍这个地名。

这地方听起来好熟悉，脑海里又想到何玛刚刚说什么冰雪运动大赛，她突然就想起孟明朗来，想起那道在冰场上矫健敏捷的身影。

之后，在大脑中一闪而过的，是那天医学院的人工湖和排骨莲藕汤。

"我外婆最拿手的菜系里,也有这道,有机会带你去尝尝。"
"可以啊,你外婆也在滨城吗?"
"没有,她在老家,在冬乌镇。"

高长月把那份写满三页A4纸的走访单内容仔细看了一遍,当天晚上她有些心绪难平,一直到第二天凌晨,才沉沉睡了三小时。

出发去冬乌镇之前,她给孟明朗发了一条消息,问:那天来看比赛的那个教练,姓余的那个,他全名叫什么啊?

可能是她出发得太早,等对方回信息时,她已经出了滨城,大巴车在唯一通往小镇的那条老公路上晃晃悠悠行驶着。

他回:余思久。怎么了?

高长月定定地看着这条信息,手指无意识地搓着手里那张走访单,上面写着的走访人物信息,名字也叫余思久。

心里某个角落的小小疑团,似乎有了一点点清晰的趋势。她点开输入框,心绪不宁地敷衍一句:没什么,我就是随便问问。

大巴车里坐着十来个人,都各自低头玩着手机,车里的暖气开得很足,还有声调慵懒的男性低音吟唱着几首情歌,音量很小,轻轻绕在耳朵边,高长月不觉得吵,反而有浓浓的睡意席卷而来。在她陷入沉睡之后,手里握着的手机叮的一声,提示有新消息。

屏幕骤然亮起,孟明朗发来消息问:最近在忙什么?

这条消息在三小时之后都没有得到回复,因为高长月就没醒过,

遇他时春风和煦

就连途经休息站,其他乘客下车解决个人问题时,她都在车上睡得迷迷糊糊。

大巴车从休息站开出,大约继续行驶了四十分钟,高长月终于被响起的手机铃声给吵醒。她撑开眼皮,半睁着眼去看手机屏幕,来电显示是孟明朗,在上方的通知栏,还有小呆发来的消息:长月,到了之后记得报个平安。

高长月清醒几秒,这才把电话接通,软绵绵地"喂"了一声。

"在忙吗?"那边问。

"没有啊,我在睡觉。"

"兼职你还想做吗,我帮你问了两家……"

"忘记跟你说了,我现在就在去工作的路上。"她打断孟明朗的话,"兼职我重新找到一份,是何玛帮忙找的,那天在人才市场……"

寥寥几句对话戛然而止,大巴车突然一个急刹停下来,高长月的身体因为惯性往前扑去,额头磕在前排的靠背上,她没忍住,小小地惊呼了一声。

周围乘客都被这突来的一下惊住了,大家愣了几秒之后,开始躁乱。司机回过头来安抚道:"大家别慌,弯道堵车了。"

听清楚是怎么回事后,高长月稳稳神,发现原本在手里的手机掉在了座位底下,她弯腰捡起,手机还保持在通话中。

她捡起来重新放在耳边,有些尴尬地解释:"不好意思,司机一个急刹车,我没握住手机,掉地上了。"

"你去哪里工作?不光有弯道,还堵车?"孟明朗也听到司机说的话了。

高长月犹豫几秒,她在想该不该说,只是没等她想好,刚刚下车打探情况的司机回来了,他从车外探进头,喊道:"大家拿好自己的东西,先下车等一会儿!"

正好,她借此当口,急匆匆地把电话给挂断了。

车上的乘客有几个在嘀嘀咕咕抱怨,但还是按司机说的拿东西下车了。高长月只随身带了一个背包,她随手往肩上一扛,跟着前面的人一起下了车。

堵车的这段路已经属于冬乌镇的管辖范围,前后的弯道都很大,堵车长龙根本看不到头,大巴车停下没一会儿,后面也跟上了长长的一条尾巴。

这条路的两边,一边是半山坡,一边是往下延伸的斜坡,都覆盖着厚厚一层雪,不像是一天就能积累成的,可能是连续下过好几场雪,才堆成了这个厚度。

离开车里的暖气,大伙刚下车没两分钟,就被冻得不行,都开始抱怨司机把车门关上,不让大家上车。

司机被冤枉,没好气地解释道:"我们的车被堵在弯道上,而且有坡度,路面结着薄薄一层冰,车子停在路面上不走的话,大家再继续坐在车里,万一车滑行了,会很危险。"

遇他时春风和煦

有乘客不相信，吵着要上车，司机最后拗不过，把车门打开了，大伙陆陆续续上车取暖。高长月觉得司机说的话挺有道理，原本是不想上去的，可最后实在是冷得受不了，她跺跺脚上的雪，想上车。

让人万万没想到的是，这一跺脚，大概是太过用力，动作幅度过大，手机从她本来就很浅的衣兜里掉出来，以肉眼可见的速度陷进下方斜坡的厚厚白雪中。

"我的手机……"等她反应过来去找的时候，哪里还看得见什么手机，只有一个被手机砸出的洞，延伸到雪里。

高长月急着去找，脚下刚往斜坡踏出一步，整个人就滑了一下，险些摔下去，还好站在一旁的司机伸手拉住了她。司机缩着脖子，劝道："别找了，小姑娘，这雪太厚，下面又是斜坡，你人根本下不去，手机没了可以再买，命可就只有一条。"

站稳之后，高长月不死心地看了一眼近乎四十五度的斜坡。见她似乎还不打算放弃，车上的人也开始劝道："哦哟，别要啦，这年头一部手机值多少钱呀，你个小姑娘，小心别把身体伤着了。"

山风凛冽，四周几乎都被白雪覆盖，高长月最后瞥了一眼那个被手机砸出的小洞，放弃了。

什么叫福祸相倚，她现在算是明白了。

路上不时有上前去探路或是探完折返回来的人，高长月听见司机在车外拦着人问："老哥，问一下，前面出啥事故了？这都半小时了，硬是没挪一下。"

"塌方了,雪太厚,压着山上的松土,垮了一大片,路都被堵死了。"

车上的乘客大多都竖起耳朵听着,有耐性不好的,听到这句话后急急躁躁想下车,只是人刚站起来,车身突然猛烈晃动了一下,随后在踩死刹车的情况下,大巴竟然开始缓慢倒退。

车轮根本没动,大巴是在冰面上直接向坡下滑行!

车外的司机发现异常,急忙大喊:"都回座位坐好,别乱动!"

高长月被吓得紧紧屏住呼吸,之前起身的那人也慢慢退回座位坐好。车内鸦雀无声,大巴往后缓慢滑行一段距离,在险些撞上后面一辆车之前停了下来。

司机见车停下来,连忙跑上前打开车门,说:"大家快拿些取暖的衣服,先下车,不能再待在车上,太危险了,一个一个慢慢下来!"

被这么一吓,也没人敢待在车上了,都纷纷下了车。有两个和高长月差不多年纪的小姑娘,险些被吓哭了,围在司机身边抖着声音问:"叔叔,能想想办法吗?前面要是走不了,退回去也行啊,我们不退票,也不投诉……"

司机也焦虑,但还是尽力安抚:"大家都先别着急,这里的情况我已经上报到公司了,我们先等公司那边给出解决方案,况且前面的人早就报警了,消防在赶来的路上……"

后面还说了些什么,高长月没注意听,她看了一眼前后堵起的车辆,都看不到尽头,他们现在被堵在这里,进不了,也退不了,

遇他时春风和煦

现在就算消防官兵来了,一时半会儿估计都进不到塌方地点。路两旁三三两两站满了人,大多都不敢再待在车里,毕竟如果发生车辆倒滑,容易造成人员伤亡。

幸好早上出门前,高满往她包里塞了一条厚厚的羊绒围巾,此时高长月拿出来披在身上,顿时暖和了许多。她走到车的另一侧,在靠山坡那边找了个避风的地方站着。

手机没了,高长月连时间都看不了,她站了一会儿,还是找司机借了手机。已经下午一点半了,照这个时间算,如果没出意外,她应该已经抵达冬乌镇车站了。

犹豫几秒,高长月还是决定给高满报个平安。电话接通,对面传来茶室里惯有的嘈杂声,那边似乎是在忙,急匆匆问一句:"哪位?"

"妈,是我。"

听清楚声音,对面似乎是看了一眼号码,又问:"你的手机呢?"

"没电关机了,我借别人手机给你打的。"

"到了?"

"嗯……"高长月沉吟一会儿,回道,"到了,成功入住酒店,跟你报个平安。"

"怎么风这么大?住的什么酒店,还有穿堂风啊?"高满问。

高长月连忙伸出另外一只手遮住手机周围:"是那个什么……酒店里那个暖风机在吹,你耳朵也太好了吧,这都能听见。"

对面轻嗤一声，说："行了，我挂了，你弄完就赶紧回来。"

"好。"

高长月把手机还回去，又继续站回那个避风点等着。

大概一个小时之后，大家没把消防官兵等来，倒是等来了大巴公司叫来的农用三轮车，这种车体形小，比四轮的车更灵活一些，拴上防滑链之后，可以抄一条乡间小路绕进冬乌镇。

只是总共就一辆车，每次只能坐四个人，从这里到冬乌镇，往返一趟要将近两小时。高长月乘坐的这辆大巴上一共十六个人，不是老人就是小孩儿，只有两个和她差不多年纪的，不知道是被吓的还是冻的，几乎全程都一副要哭的样子。

实在没办法，高长月主动退到最后一趟，冷得受不了时，就在附近跑跑跳跳。司机从车上拿了几个小凳子下来，等车来第三趟，再拉走四个人之后，才轮到她去坐一会儿。

最后剩下那两个同龄的小姑娘和司机陪着高长月，四人并排坐在一起，大家中午都没吃东西，现在已经差不多是吃晚饭的时候了，两个小姑娘除了胆小些，人还算善良，把她们包里的食物和水都拿出来分给高长月。

高长月只要了一个小面包，然后和两个小姑娘分着喝了一瓶水，她们只要再等两小时，等最后一趟车赶回来，就能被解救了。

天渐渐昏暗，夜幕降临，许多被困住的车主都把车熄了火，只有少数几盏车灯亮着发黄的灯光。在光线的照射下，可以看到空中

其实飞着小雪,只是雪花太小太小,落在人身上都难以察觉。

司机时不时起身去探一下路况,坐在高长月身边的两个小姑娘合盖一件大衣,两人紧紧搂着。

她想,如果小呆在的话,她们一定也会这样抱着取暖,不论是身体上还是心灵上,有个人陪着,总是好的。

高长月以前常听巷子里的老人们说,有希望才有盼头,可她们的希望,在司机折返回来,接起电话的一分钟之后破灭了。

司机朝电话那头嚷道:"什么?车坏在半路?不可能……今晚怎么着都要再找辆车来,我一个大男人无所谓,可这儿还有三个小姑娘呀……想想办法……让公司再想想办法,天太冷了,没办法在外面过夜……"

断断续续听司机和电话那头的人沟通,听到这里,两个小姑娘之前一直憋着的眼泪唰地一下流了出来。司机最终无奈地挂上电话,回头尴尬地看着坐在小凳子上的三人,特别是两个哭哭啼啼的小姑娘,可他没办法,只能说出同样的说辞:"别着急啊,公司那边在想办法了。"

一句话说过太多次,就失去了它的意义和作用。

高长月坐在小凳子上,心里一片凄凉,脸上却没有太多表情,只是用双手裹紧了身上的围巾,再把膝盖屈起来裹进去,没有人知道她双脚都已经冻到麻木了。

此时四周完全黑了下去,有些实在受不住冻的,抱着侥幸心理,躲进车里取暖。山风呼啸,霜雪交加,高长月低着头,在两个小姑娘的抽泣声外,听到另外一道声音。

窸窸窣窣的咯吱声由远及近,高长月还来不及抬头去探寻声音的来源,一束微光突然从不远处射来,落在她身上,随后又移到她脚下的方寸雪白上。

很久很久以后,如果高长月再回想起这段经历,寒冷、饥饿和凛冽的山风都已经被抛诸脑后,她唯一记得的是,只有那一刻,他举着手电筒一步一个脚印蹒跚而来的样子。在她的世界里,那道穿着笨重棉服的身影就像驾着七彩祥云的英雄,能瞬间灼热她的内心,所以她脑袋发了蒙,张张嘴,却没有问他怎么来了,而是问:"你从哪里来?"

走近的人轻笑出声,嘴里呼出的白色雾气瞬间被山间的风撕裂,他顺着她的话茬,反问了一句:"你是不是漏了一个问题,比如'要到哪里去'?"

高长月愣了几秒,才瞬间跟上他的思路,两人对视一眼,一起笑了。

孟明朗从带来的背包里掏出一个被压缩的小包,打开之后,竟然是一件能把人从头盖到脚的防寒服,和他身上的是同款。高长月快速套在身上,穿上之后,感觉风被隔绝在了体外。

"手机为什么关机?"他问。

此时高长月身上暖和了不少,看孟明朗在弯腰收拾她的包,她

遇他时春风和煦

解释"不小心掉山坡下,没找着"之后,岔开话题:"你怎么找到这里来的?"

"问了何玛。"孟明朗拍拍她包上落着的不知是雪还是冰碴的东西,又补充,"这段路的路况已经上新闻了,前面塌方,围困了不少人。"

"那你还来?"

"我不来,你是打算在这里过夜吗?"

高长月被呛了声,之后解释道:"之前说来接我们的车好像坏在路上了,大巴上就剩下我们四个人,这么说,你有办法带我们出去?"

听到提到自己,两个小姑娘殷切的目光直直看过来,司机师傅现在不敢搭话,毕竟是自己后备力量不给力。

孟明朗把两个包都背在身上,目光扫过另外三个人,深思之后说:"应该可以,不过可能要挤一下。"

"没事,没事。"其中一个小姑娘立马拉着朋友站起来,"我可以抱着她,不占地儿。"

"走吧。"孟明朗说着,就抬脚往坡上走。

高长月招呼司机和两个小姑娘跟上,一行人没走几分钟,就到了那条宽度只够一辆三轮车单向行驶的路口,远处一辆车慢慢地颠簸而来。

"嘿,朗哥!"车上下来一个人,冲孟明朗招呼道,"快上车,这天也太冷了。"

听声音是个年轻人，穿着黑色的厚重羽绒服，头上戴着绒帽子，脸被围巾遮住了大半。高长月没怎么仔细看，她趁孟明朗上前打招呼的空隙，把两个小姑娘和司机都领上车了。

小伙回头看了一眼敞篷的车后座，说："你们得挤一下，车小，换其他车也开不上道，委屈一下啊。"

大巴司机这时才找到话头，回道："能走就知足了，挤不挤的无所谓。我们还得感谢你，这大晚上，能来这儿接人，世上还是好人多啊。"说着说着，就感叹上了。

高长月忙着给孟明朗让位置，顾不上插话，等孟明朗上车坐稳后，小伙一拉手刹，三轮车缓缓开动。

车子正式上道，小伙才嘿嘿一笑："那是，我朗哥在这儿，多晚都得来接啊。"

大巴司机还想接话，孟明朗开口："好好开车，天黑路滑，小心点。"

小伙在前头应声"好嘞"，之后四周只剩下三轮车开动的突突声，对面两个小姑娘被冷风吹到发抖，高长月把盖在腿上的围巾递过去，给两人挡挡风。

借着夜幕微光，她偷偷看了一眼身边的人，莫名地感觉他好像情绪并不高，一路上没人再说话。

三轮车进入小镇之后，小伙找了一个容易打到车的路口，把司机和两个小姑娘放下车。三人对他们连声道谢，孟明朗只应了两声

遇他时春风和煦

"不客气",倒是小伙和那个大巴司机又客套寒暄了一会儿,才上车发动。

"朗哥,接下来去哪儿?"小伙问。

"我在网上订了酒店,"高长月出声回答,"可是……我手机掉了,忘了是哪家……"

小伙回头瞅她一眼:"姐,就算你手机没掉,现在过去恐怕也住不上了,今天出镇子的路被堵了,很多游客滞留在这里,咱们这地方,本来就比较落后,酒店也不多,所以今天晚上是家家爆满啊。"

"那怎么办?堵在路上没地方睡觉,现在来镇上了,还是没地方住。"高长月愁眉苦脸。

"放心,有我朗哥在,是不会让你没地方住的。"

孟明朗一听,默默回一句:"巧了,今晚我也没地方住。"

小伙哈哈一笑,说:"那要不,去我那儿凑合一晚?"

"你就一个单间,不方便。"孟明朗裹裹衣服,交代说,"去医院吧。"

高长月不解:"去医院干吗?"

蹭床位?还能这样吗?

没有人回应她的疑问,孟明朗似乎是困了,裹紧胸前的衣服,眼睛闭着,嘴巴抿成一条线。

见孟明朗没回答,开车的小伙一边掉头,一边说:"姐,塌方那地方,估计明天一早就能疏通了,等困在镇上的人都出去,酒店收拾出来,你就能上酒店住了,今晚就先跟我朗哥一起到医院凑合凑合吧。"

　　小伙子是聪明人,从孟明朗寥寥几个眼神里,就知道他对这姑娘和别人不同,自然就把两人当成一起的了。

其实高长月疑问的点，是为什么要去医院住，医院里有住的地方吗？

这个疑问在两人走进医院产科的护士站时，得到了解答。前台一个年长的妇女先看见他们，边忙边招呼道："哟，我们明朗回来啦？"

旁边两个年轻点儿的小护士抬头一看，略微含蓄地喊了两声："朗哥。"

孟明朗笑着应一声"嗯"，随后把背包往前台的凳子上一放，问："孙姨呢？"

"她给病人量血压去了。"年长的妇女忙完手上的工作，这才注意到来的是两个人，"怎么，这是哪家的小姑娘？"

怕被误会，高长月连忙开口介绍自己："阿姨好，我叫高长月，是孟明朗在滨城的同学。"

也不知道怎么了，她嘴一张，就说成了同学。那个妇女一听，眯着眼睛问："同学呀？学的哪个专业？"

遇他时春风和煦

高长月突然有些尴尬,她这一说,别人肯定以为她也是医学院的,没办法,她瞟了一眼身边似乎并不打算说话的人,解释道:"那个……是异校同学,我的学校就在隔壁,我学的是音乐。"

说完,她自己都感觉尴尬得不行,呵呵傻笑了两声。

听到"异校同学"这个新创词,孟明朗没忍住笑了。感觉身后有只手拉了拉他的衣角,他才开口解围:"她是来这里工作的,路上塌方,从中午堵到现在,错过了酒店的入住时间,没地方可去,小阿姨,今晚你就随便照应她一下吧。"

"行,小事。"被叫作小阿姨的妇女起身招呼两人,"跟我去值班室,先烤烤火。"

说完,她又回头交代那两个年轻的小护士:"你们两个看好前台啊,一会儿要是忙完了,丽丽去休息室收拾个床位出来。"

"好的,知道了。"两个小护士应声道。

因为两人都没有吃晚饭,进去休息室没过两分钟,孟明朗就拉着高长月一起出去买夜宵。

对于现在这个情况,其实高长月还是有些蒙的,去的路上,她问:"那个护士阿姨是你什么亲戚吗?你们之间看起来好熟悉的样子。"

孟明朗双手插兜,边走边回:"不是亲戚,我小时候是在这里长大的,虽然没有血缘关系,不过她们都是我的家人。"

"你小时候经常生病?"

"没有,她们说我那会儿是整个产科哭声最大的。"

孟明朗说完,自己先笑了起来。倒是高长月,满脸疑惑:"那你怎么会在医院长大?"

他答:"没有真正的家人,被扔在了医院。"

孟明朗说话的语气出奇平淡,高长月听了心里一揪,突然不知道该怎么往下接,好在他们正好走到夜宵摊前,借着点菜,话题被拉上了终止闸。

等再次回到值班室,里面多了个更年长一点儿的护士,她一看见孟明朗,就上前来拥抱他,说:"让我看看,大半年不见,我们明朗长没长壮些。"

"哦哟,"旁边的小阿姨接过孟明朗手里的夜宵,"孙姐,孩子都长大了,你这么抱他,得害羞了。"

"哪能呀,这不是咱们一手抱大的孩子嘛,害什么羞。"

这两个妇女,更年长些的看起来性格外向,小阿姨反而内敛稳重,看样子,抱着孟明朗的那个,应该就是他之前提起的孙姨了。

高长月手上拎着两袋子夜宵,被挡在门口,一时也不知道要怎么反应。孟明朗手上的夜宵被接走后,挽着身前的人进到屋里,说:"不害羞,孙姨想抱多久都行,不过我们先进屋,一会儿夜宵该凉了。"

孟明朗这么说,身前的人才拍拍他手臂,把两人迎进屋里。

吃东西的时候,从大家的聊天内容里,高长月才知道原来之前来接他们的那个小伙子是孙姨的小儿子。聊天期间,她偶尔才能插

遇他时春风和煦

上两句，大多时候都是两个阿姨在询问孟明朗的近况。

等吃完夜宵，已经是后半夜了。孟明朗打过招呼后直接去了男医生的休息室，高长月也被那个叫作"丽丽"的小护士带到休息室里休息。

大家一会儿都还有事情要忙，休息室里只有高长月一个人躺在小床上。她看着从窗户透进来的一束光亮，心里想着孟明朗那句"没有真正的家人，被扔在了医院里"，怎么也睡不着。

就这样睁着眼熬了半小时，休息室的门被轻轻打开，孙姨忙完手上的事情，打算进来休息。她没有开灯，摸黑把白大褂脱了之后，轻手轻脚躺上床。

"阿姨，可以给我说说孟明朗的事情吗？"

刚躺下的人以为小姑娘已经睡着了，这突然响起来的声音还吓了她一跳，她把被子拉到胸口的位置，问："你还醒着呢？"

高长月闷声说："睡不着。"

孙姨长长"唉"了一声，之后小声嘀咕一句："我们明朗是挺招人喜欢的。"

嘀咕完，她才说："那我就给你讲点儿，时间久了，我也记不太清……"

高长月只想着听孙姨讲，那句"挺招人喜欢"暗含着什么，她根本就没注意。

"二十多年前，也差不多就这个季节，一个临盆产妇啊，大半夜来我们医院，也没家人陪着，下身全是血，当时把我吓的，慌慌张张把医生叫过来,一检查,胎盘前置,胎儿胎心正常,可孕妇出血不止,危险得很。那时候医疗水平没有现在高,小孩儿是保下来了,可好几个医生在产房里抢救了三小时,硬是没把产妇的命保住……"

说到这里,孙姨从胸口深深提了一口气。高长月揪着心,问:"她就是孟明朗的妈妈?"

"是啊,自己的孩子都没能看上一眼就走了。第二天一早,来了一对情侣,说是死者的好友,男的姓孟,女的姓江,这两人就是后来养育明朗的孟家夫妻。他们当时来了一会儿就走了,中午的时候又带来一个老人,听说是死者的母亲,三个人在产科楼下不知道说了些什么,那江小妹哭得啊,停不下来。说着说着,三个人就吵了起来,具体吵些什么,我们也听不到。晚些时候,那老人匆匆收拾了女儿的遗体就走了,孩子硬是不要,就这样被扔在医院。我们产科几个护士看孩子可怜,就没报警,谁值班谁就照顾这孩子,就这样大家轮流照顾了两个月。"

高长月接着问:"后来呢?"

孙姨想了好一会儿,才缓缓往下说:"再后来,孟家不知道怎么跟院方协商,弄到了领养证明,就把孩子给带走了,只是没过几天,又把孩子送了回来。两个月的小娃娃,全身都是红疹子,倒不是那家人没照顾好,听说还专门请了保姆,只是因为水土不服,孩子被带回去之后就不怎么吃奶,几天没见,瘦了半斤。当时我刚好怀上我家大姑娘,真的是于心不忍,我们科室几个护士和孟家商量之后,就把孩子留在医院里,由我们照顾。时间一晃,明朗也能下地跑了,

那家人看他长大了好照顾了，就想带回去，没想到这孩子不愿意走，才不到两岁，独自躲在房间里，谁拉就咬谁。那会儿把我们吓坏了，没想到平时乖巧机灵，也不认生的一个孩子，突然就变成这样。最后实在没办法，孩子还是由我们带，带到他要上小学，江小妹怀了孕，请了产假专门过来，就在这医院里陪着孩子整整一年，直到她自己的孩子生出来，月子过了，才顺利把明朗接回去。至于那老人为什么不要孩子，还有孩子的父亲是谁，我们都不清楚，恐怕只有那家人才知道了……"

听到这里，高长月的枕头已经湿了一大片。她之前一直觉得，孟明朗再怎么样，也没有自己和小呆可怜，至少他还有个很好的家庭，有很好的养父母，从小衣食无忧，上着好大学，打打冰球，还打进了国家队。可她怎么都没想到，他竟然是硬生生被家人抛弃的，况且他的亲生父亲明明在世……

她没忍住，狠狠抽泣了一下。孙姨听见，反倒笑了，说："你别觉得可怜，我们明朗现在长得很好，又帅又有孝心，每年都要回来好几次，把我们科室的人都当亲人一样，逢年过节不但送礼，还给我们的孩子包红包，一个不落。科室新来的那几个小护士啊，心里都想着怎么把他追到手呢。这帮小丫头，一个两个都精得很。"

高长月眼角夹着眼泪，哭没忍住，笑也没忍住。她不知道怎么插话，就一直默默听着。最后孙姨长叹一口气，惆怅道："也不知道我们明朗，最后能和什么样的姑娘组建家庭。"

昏暗的小休息室里，高长月侧躺在床上，窗外时不时响起一阵救护车的鸣笛声。她看着那束斜射进来的亮光，心里偷偷想，他该值得这世上最美丽善良的姑娘。

第二天一早，高长月是被窗口投射进来的阳光刺醒的。窗外各种建筑物上积满了雪，放眼望去，一片刺目的白。

休息室里只剩下高长月一个人，她起身之后把被子铺平，收拾好自己的东西走出去，走到护士站的时候，正好看到孟明朗提着十几份早餐从电梯口过来。

他走近，凑到高长月面前问："你的眼睛怎么了？"

"没怎么，我……我早上起床，眼睛就爱水肿。"

高长月胡乱搪塞一句，转身就往洗手间跑。

孙姨在一旁看了直笑，笑得孟明朗一头雾水，他把早餐都放在桌上，疑惑道："笑什么呢？"

"我还不能笑了呀？"孙姨顺手拿过一份早餐，拍拍他的胳膊试探道，"跟姨说，你是不是喜欢人家小姑娘？"

孟明朗招手示意孙姨靠过来，随后凑到她耳朵边说了一句什么，惹得面前的人都一脸好奇。

吃过早餐，孟明朗带着高长月直接去了余思久家的老宅子，从冬乌镇出发，还有二十分钟的车程才能到。虽然心里早有疑问，可他熟门熟路的样子还是让她有些惊讶。

在车上时，她问过："你知道我来这里具体工作是做什么吗？"

遇他时春风和煦

孟明朗闭目养神,回道:"何玛都跟我说了,你今天过去拍些照片,再到附近找些村民问问,下午就可以回滨城。"

"你不回去吗?"

"我再留两天。"他轻声回应,"回去就要归队训练,过年应该没时间再回来了。"

高长月默默点点头,之后两人一路无言。

关于领导整理出来的那些问题,高长月下车后从村口一路问着进去,沿路得到的信息其实和多年前网上已经报道过的相差不大。

贫苦人家多年栽培,山村里飞出金凤凰,为国勇夺第一枚冬奥金牌等关键词,唯一新鲜点儿的,大概就是原先老宅里住着的老两口,在十多年前被儿子接到了城里生活,过上了村民口中所说的好日子。

高长月跟着孟明朗一路走到一栋两层的小楼门前,房子应该是新修缮过的,门前有杂草,但是不多,看来主人家偶尔也会回来打理打理。

两人绕着看过一圈,孟明朗拿自己的手机帮她拍了好多张照片,拍完交代说:"我把照片都发给你,你回去拿到手机之后就可以传给公司了。"

"好,那我们走吧。"

高长月把那些采访资料和录音器材都收进包里,转身想走的时候,却被孟明朗伸手拉住了。

他说:"等一下,喝碗排骨莲藕汤再走。"

"去哪里喝?"高长月满脸疑惑。

说话间,她身后突然传来吱呀一声响,回头看去,在那栋两层小楼的隔壁,一座毫不起眼的农家小院门口,从里面走出来一个和小呆奶奶差不多年纪的老婆婆,她手里端着两个瓷碗,里面盛满了汤。

孟明朗拉着她走过去,接过老人手里的两碗汤之后,用当地的方言问了一句话。高长月不大能听懂,但大概能理解,应该是问:"外公在家吗?"

老人眼窝深陷,可一双眼睛透着温和的暖意,她用更醇厚的方言回答了那个问题,高长月只听出来"睡觉"这两个字。

最后老婆婆指指屋里,和孟明朗又交谈两句之后,转身进去了。

孟明朗把手里还冒着腾腾热气的汤递给她,解释说:"我外公在屋里睡着了,厨房里烧着火,外婆要去添柴,她叫我们趁热把汤喝了。"

她接过汤,边喝边问:"你以前回来,都不进去吗?"

"嗯,就在门口,有时候送出来的是饭,有时候是一道好菜,今天是我提前说要喝排骨莲藕汤,所以我外婆提前做好,送了两碗出来。"

"你还跟老人家说我要来?"

孟明朗眉头一拧,反问:"我不说,难道你想跟我共喝一碗汤?"

遇他时春风和煦

"那倒不是。"

两人靠着门框,脚下踩着薄薄一层积雪,等碗里的热气冒完,汤也被喝见底了。孟明朗把两个碗摞在一起,放在门边,随后走到旁边的窗户旁,轻轻敲了敲。

没过一会儿,老婆婆出来了,高长月看见孟明朗从包里拿出些钱塞到老人手里,随后两人用方言交流了两句,老人的眼眶就逐渐红了,她拉着孟明朗的手,紧紧攥在手心里。

高长月一看,场面似乎有点儿煽情,刚想往旁边退两步,老人突然冲她招手,示意她走近点,然后,她的手也被老人攥住了。

年轻男女的手被老人布满细密褶皱的双手交握在一起,高长月知道,这误会大了,她却没办法抽出自己的手。

最后,两人在老人的目光相送中,牵着手慢慢走上乡间小道。其实也不算是牵手,高长月是被紧紧拉住的,他平时拉她,只会抓住手腕,这次却握住她整个手,从手背到指尖,紧紧握住。

走了好一会儿,高长月回头看看,已经看不到老人的身影了,于是她动动手指,说:"那个什么……你外婆好像已经进屋了,能放开我了不?"

走在她身前一步的人停下来,回头看看,嗯,情况属实,可他却说:"不放。"

高长月神思没跟上来,愣住了。

当时,四周一片银装素裹,农家高低不一的房顶上大多都升起了炊烟,有两条狗在雪地里撒欢,追逐奔跑,伴着静谧与安宁,她听见他问:"高长月,你有没有想过,我会喜欢上你?"

一阵冷风扑面而来,瞬间把人吹清醒了,高长月结结巴巴回道:"没……没想过,不过你……你这句话,到底是喜欢,还是……不喜欢?"

他握紧她的手,说:"喜欢,认真且能够担得起责任的喜欢,是深思熟虑之后依然清晰明了的喜欢。"

一句话,如强风贯耳,直击心底,那双眼睛里的坚定,几乎能把她整个人都吸进去。

孟明朗想起不久之前的那场比赛,出场馆之后孟叔和江姨把他叫过去,当时孟叔问过一个问题,那个问题是关于高长月的。

"你已经把自己的事情都告诉那个小丫头了吗?"

当时孟明朗摇摇头,说:"我什么都没说过,可阴差阳错,她似乎都知道了。"

是的,他能感觉到她所察觉到的一切,所以他毫无保留,借着这次机会把自己短短二十多年人生中最重要的东西都坦然摆在她面前。

还有关于孙姨那个问题的回答,他说的是:"喜欢,所以才带她来见你们,不过我还没表白,你和小阿姨要替我瞒着。"

这些都只不过是他想让她明白自己、了解自己、靠近自己,还想要一次热烈而坚定的恋爱。

或许每一个开口表白的人,都对对方即将开口的那个答案感到

遇他时春风和煦

惶恐不安，所以当高长月恢复思考能力，避开他的目光说出"可是"两个字时，他急忙出口："我不急的，你有很多时间，可以慢慢去想，慢慢冷静之后再给我答案。"

说着，孟明朗终于放开她的手，从背包里拿出两张类似入场券的东西，说："春节之后，我们队在西岸有一场比赛，这是门票，你可以带小呆一起来，我就当这是答案，你来了，我们就在一起；你要没来，比赛之后，我来找你。"

这话怎么听，高长月都觉得自己没得选，她呆呆握着被塞到手里的票，然后听他交代自己怎么打车回镇上之后，看着他转身，踩着雪融化后的一路泥泞，走了。

高长月被那句"深思熟虑后依然清晰明了的喜欢"砸得晕乎乎的，难道自己就要成为那个世上最美丽善良的姑娘了？

这么一想，她全身的鸡皮疙瘩都要起来了。

晚上回到滨城，高长月本想叫小呆去自己家，可想到要照顾奶奶，她回家和高满打过招呼，就去了小呆家。

两人躺在床上，关灯之后，高长月才鼓着勇气说出被表白的事情。

小呆睁着眼睛看向漆黑一片的天花板，语气淡淡地问："那你也喜欢他吗？"

高长月想了很久，久到她以为小呆都快睡着了，才轻声吐出两个字："喜欢。"

没想到身边的人回得很快，小呆继续问："你喜欢他什么？"

"我喜欢他心思细腻，喜欢他善良有担当，喜欢他在冰球场上挥杆滑行，认真又坚忍的样子。"

"那就去吧，"小呆翻身侧躺，背对她说，"我陪你去，去看一场比赛，然后你好好谈一场恋爱。"

"可是……"

"别可是了，睡觉吧。"

小呆打断她，之后似乎就睡着了。身边传来均匀的呼吸声，高长月没过一会儿，也沉沉睡去。

她永远也不知道，此时此刻躺在自己身边的好友，一双眼睛在黑暗中睁得大大的，小呆心里有一句话，一直压在胸口，酸涩至极。

我也喜欢他，可笑的是，就连喜欢他的原因都和你一模一样。

第二天，高长月回家收到一个包裹，打开看里面是一部手机。联想到之前孟明朗让她回家拿到手机之后接收照片，说的是"拿到"，而不是"买到"，她便能想到是他送来的。

大家都还是学生，没有稳定的收入，虽然他家庭条件比自己好上太多倍，可突然送一部手机，她还是吃不消，不过想到自己早晚都要买，于是补了电话卡之后就开机用了。

消息框里跳出十几张孟明朗发送过来的照片，发送时间还停留在昨天早上。她都点击保存后，在输入框犹豫几秒，才发送了一段话过去："谢谢，手机的事也谢谢，等我兼职拿到工资，就还你钱。"

遇他时春风和煦

这条消息在之后的一个月时间里都没有得到回复,如同石沉大海一般。

高长月从冬乌镇带回走访资料后,就一直跟着何玛做点闲活。上次走访遇到塌方被困,一个小姑娘在乡道上又累又饿,还丢了手机,何玛似乎是心里愧疚,做什么都要带着她,稍微辛苦一点儿的工作都不让她做,所以这一个月高长月过得十分舒心。

公司在年前给这帮兼职大学生结了工资,高长月也拿到一笔满意的结款。她上网搜了下自己这款手机的官方卖价,还好不贵,勉强能承担。于是她给孟明朗转账过去,没收,第二天到点被退了,她又转了一次,第三天依然到点被退。

高长月像较劲一样,每天到点就转一次账,这种状态一直持续到除夕夜,两人的对话窗口里全是她的转账记录。

除夕这天,高长月看着被退回的款项,没有再转过去,直到晚上和高满吃完年夜饭,坐在沙发上看春晚时,她偷偷复制了一条别人发来的新年祝福,假装成群发的样子,单独发给了孟明朗。

十几分钟之后,收到新消息提示,对方回了一句:"新春快乐。"

简单的四个字,倒让高长月分不清这是给自己的回复,还是他发的群发祝语。她捧着手机呆愣了好一会儿,输入框被点开又关上,如此重复好几遍之后,对话页面里突然多出来一句话。

"我想见你。"

高长月心头一颤,这种感觉就像是一株小小的植物,在你耐心浇灌很久很久之后,原本毫无生气的花苞突然绽开了花瓣。她心一横,回问道:"你在哪儿?"

"巷口,等你。"

那天晚上,高长月什么都没说,穿上外套在高满的询问声中出了家门,巷口的那盏老式路灯下,独自站立的身影周身充满寒气。

他来了很久,却也在要不要今晚就见面这个问题上纠结了很久。

直到她来,他在她的眼睛里看到了答案,不同于之前的犹豫闪躲,她的目光温暖又坚定。

孟明朗带她去了城郊的一处公园,里面有一座高高的钟塔楼,周围有很多人在等待零点的降临,随着时分秒指针越来越靠近最顶端的数字,人们的情绪也逐渐高涨。

在三根指针合并在一起之前,高长月感觉有只手靠过来,随后自己的手被身边的人牢牢牵住,她转头看过去,孟明朗也刚好看向她。

两人相视一笑,高长月却非常不应景地问:"所以说,余思久就是你的亲生父亲,对吗?"

既然决定在一起,她就更加迫切地想知道他的一切。

周围的人群开始从数字十倒数,在声声高昂的呐喊中,孟明朗一点一点收起笑容,在倒数声喊到零时,他凑到她的耳边,说:"嘘……你听,新年的钟声响了。"

高长月在这一刻知道了答案,一个未曾出口,却隐藏在每个声调起伏中的答案。她跟随着周围的人群逐渐释放情绪,最后提高音

遇他时春风和煦

量呐喊道:"孟明朗,新年快乐!"

孟明朗牵着她的手,再看看她的样子,也跟着喊道:"新年快乐!"

他们在岁除之夜确认了彼此的心意,那时候高长月觉得老天总算有一次待自己不薄,让她遇见了孟明朗。

那天晚上回去之后,高满在沙发上睡着了,电视还开着,正在播放春晚的小品。高长月轻手轻脚走过去,想给她盖个毯子,没想到人刚走到跟前,她突然醒了。

"这大过年的,"高长月心虚,抢着开口,"怎么在沙发上睡着了?"

高满慢慢坐起来,一双眼睛暗含深意地看着她:"你也知道是大过年的,这还大半夜的呢,你去哪儿了?"

"当然是赴约啊。"

"男的?"

"男的。"

高长月回得非常迅速,不等自己妈再问,她又乖乖交代:"我谈恋爱了,那人你也见过,就之前骑车,在大学城区撞到的那个骑自行车的男生,他叫孟明朗。"

高满想了一会儿,样貌模模糊糊的,记不太清。她把电视关了,边往卧室走边说:"谈恋爱就谈恋爱,晚上别出去太久,以后再这么晚跑出去,看我不连那小伙子一块儿收拾了!"

高长月十分服从地回答:"好好,我以后晚上都不出去了,行吧?"

回应她的,是卧室门被关上,啪的一声响。

高满除了在那件事情上特别坚持之外,其他方面都算得上很开明的家长,没有要求她多少岁才能恋爱,也不像其他父母,一听到女儿谈恋爱,就恨不得马上把男孩子拖到面前来,方方面面都盘查清楚。

在感情这点上,高满从来没有给过她压力。

大年初三,孟明朗说他小叔又得出国了,家里打算吃一顿送别晚餐,还特意提起她,要她也一起去吃顿饭。

高长月下巴差点儿磕在地上:"这……这不好吧,我们才在一起几天呀,现在就见家长,我不行的,我不去。"

她连连拒绝,孟明朗在电话那头轻笑道:"去见你'大姨',有什么不行的?"

想起冒充表妹那件事,高长月就尴尬,偏偏孟明朗还拿来开玩笑,她假装生气:"你还说这个,我们立过君子之约的。"

孟明朗立马停了笑,正经地说:"你想多了,只是简单吃个饭,在外面吃,不在家里,就孟叔和小叔,你都见过的,还有江姨,她最想见见你。"

"之前和现在不一样,我现在紧张……"

"放轻松,只是吃个饭。"孟明朗声音很轻,"我来接你,

好吗?"

这平时本来就不凶的一个人,谈起恋爱来简直不要太温柔,高长月的心被那句小心翼翼的轻问融化得暖暖的,张口答应了。

在去饭店的路上,高长月想起之前一直转账没人收的事情,问道:"你为什么一个月不回我的消息?"

孟明朗掌着方向盘看她一眼:"从冬乌镇回来之后,我就归队了,没用手机。另外,我也怕收到某人什么不好的答复,导致我无心训练,从此一蹶不振。"

"哼!"高长月无情打断,因为后面的话已经没有听的必要了,"那转账呢?你过年的时候总拿到手机了吧,为什么不收?"

孟明朗装傻:"我还没问呢,你没事一直疯狂给我转账做什么?我开机一看消息,差点儿以为是系统出错了。"

"你就装吧,这手机难道不是你买的吗?"高长月把手机拿在他眼前晃悠两下。

孟明朗把头偏开一点儿,岔开话题:"乖乖坐好,根据最新发布的交通法规,你的行为已经影响我这个司机专注开车了。"

高长月真就乖乖坐好,不再搭话了。

气氛突然不再活跃,孟明朗偷偷看她一眼,他明白她在想什么,没办法,只能叹口气,说:"行,我收。"

话音刚落,他就瞥见身边的人两只手握着手机按了一会儿,之后自己的手机响起新消息提示,他妥协道:"我一会儿停下车就收好吗?你别不说话。"

高长月把视线移向窗外快速后移的绿化带，她知道自己是该说些什么才对，于是开口："我不知道你是有意还是无意，反正你的事情我都知道得差不多了。虽然不清楚你到底了解我多少，不过我觉得还是应该亲口跟你说……"

她感觉他在看自己，不过她还是看着窗外没回头，停顿几秒之后，继续道："我是七岁的时候在孤儿院被领养的。没有人告诉过我我的亲生父母是做什么的，他们有可能是罪犯，也有可能已经死了，这个问题我从来没想过去深究。我妈领养了我之后，就带我住进清风巷，一个人辛苦拉扯我长大。她为什么不结婚、有没有父母、老家又是哪里的，这些她从来不说，我也从来不问。我说这些并不是想矫情什么，只是想让你知道，虽然我和你都没有健全的家庭，可是你到底不同，你有优厚的家庭条件，不管是所学专业还是业余爱好，你都能做得很优秀……"

"所以，你自卑了吗？一部手机的钱都非要还给我，才能让你觉得我们之间的感情是平等的，对吗？"孟明朗突然开口打断，"高长月，你永远都不知道，我为什么会喜欢你。"

"对，我还很惊慌很犹豫，怕我那天晚上做错了，我太冲动，怕我将来后悔，怕我给不了你一段长久的感情，甚至想离你远一点儿。你应该有一个很好的妻子，她从小生活在正常的家庭里，她被爱包裹着长大，她善良可爱，生来就知道怎么爱一个人，怎么给予爱，而不是像我这样……"

遇他时春风和煦

车子一个急刹,靠边停下,硬生生把高长月剩下的话给打回了肚子里。孟明朗打开车门,长腿一伸,下车从车后绕到副驾驶的车门位置,开门,朝她伸出手:"出来。"

高长月不知道什么时候眼眶红了,她仰头看着车外的人,脑子蒙了一秒,但还是听话地下车。孟明朗把她拉到身前,关上车门,说:"这些就是你藏在那句'可是'之后的话?"

高长月仰头看着他,虽然搞不懂他要干什么,不过还是点了点头。

"车里太暖和了,下来让风把你吹清醒一点儿,然后认认真真地听我说。"孟明朗眼睛牢牢锁住她,"对我来说,怎么样的你并不重要,不管是被领养,还是你觉得你家里条件不好,觉得自己不够优秀,这些都不重要,重要的是你,我喜欢的是你,明白吗?"

高长月一眨眼,眼泪就掉了出来,孟明朗长叹一声,伸手帮她把帽子戴上挡风,然后顺手一揽,把她的头按在胸口,说:"躲着点哭吧,别让人看见,还以为我欺负你。你说你这脑袋里在想些什么,家庭条件都扯了出来,我难道是那种会贪图你钱财的人吗?"

说着,他看了一眼车后座的东西:"还什么善良可爱的妻子,难道你不善良不可爱了?这车上的酒啊花啊什么的,不都是你准备的?还有怎么爱一个人这种事,你只要在我身边,我会让你知道,怎样好好爱我的……"

高长月被莫名戳中笑点,眼角还夹着眼泪,就"扑哧"一声笑了。

孟明朗松了口气:"你今天表现不错,以后有什么事,就要像今天一样说出来,不准闷在心里,听到了吗?"

说完,他把她的头抬起来,和她对视着,问:"还哭吗?"

高长月摇摇头,可眼睛还湿乎乎的。孟明朗捧着她的脸,快速在她额头亲了一下,又问:"还哭吗?"

她呆愣愣地点点头。

结果孟明朗又在她鼻尖轻啄了一下,再问:"还哭吗?"

这操作就让人摸不懂了,摇头也亲,点头也亲,再来一下,那不就亲……

高长月摇摇头,之后快速抬手捂住嘴巴,在孟明朗凑过来的前一秒,转身、上车、关门,一气呵成。

这才第三天,又是见家长又是亲亲,发展太迅速容易让人吃不消。高长月趁外面的人还没上车,伸手在胸口拍了拍,努力让自己平静下来。

等到了饭店,孟明朗带着她径直去往二楼的一个包厢。想着马上就要见家长,高长月又紧张起来,手心都在冒汗。

孟明朗推开包厢门,说:"别紧张,他们还没到呢。"

"啊?还没到?"

"我提早去接的你,"孟明朗拉着她进去,"就是因为怕你紧张,我们先到的话,该紧张的就是他们了。"

果不其然,高长月坐了一会儿,对周围环境熟悉之后就没那么紧张了,所以当三个长辈推门进来的时候,她还算镇静,起身到门口相迎。

"叔叔阿姨好,"她把之前准备好的花递给其中一人,"阿姨,这是送您的花。"

江岚见只有自己有花,有些受宠若惊,惊喜道:"天啊,我都快二十年没有收到过花了。谢谢你。"

孟肖带着自家弟弟往饭桌边走,小声说:"看,这是在暗示我不够浪漫,二十年没送她花了。"

遇他时春风和煦

"我这是明示,"江岚拉着高长月跟上去,"你别以为声音小,我就听不到啊。"

孟肖大笑两声,掩饰一下被抓包的小尴尬。孟楠洛赶紧张罗大家入座:"来来来,大家先坐,明朗,你也赶紧过来,还站门口干吗呢?"

孟明朗原本是想跟过去帮忙介绍一下,没想到这三人进来,倒直接上桌了。看高长月还能应付,他也省得介绍,走过去坐下了。

"你叫月月是吧,听明朗说你会弹钢琴?"江岚一坐下就问起她的专业。

高长月顺着坐在她身边,回道:"嗯,大学主修的乐器是钢琴。"

"真好,我小时候对乐器什么的特别好奇,只是我们那个年代,能吃饱饭就不错了,家里哪还有闲钱弄这东西。"

"那些年大家对钢琴都了解得不多,不过现在基本上每家的小孩都是从小就开始学了。"

江岚拉着她的手就没放开过:"对对对,不光小孩儿能学,现在小区里还有很多培训班,听说专门招收中老年人,你说我们这个年纪去学,能行吗?"

聊到自己擅长的东西,高长月慢慢没那么紧张和拘谨了,她答道:"可以呀,只要您喜欢,什么时候去学都不晚,咱们又不是要当什么音乐大家,主要是感兴趣,这是最难得的……"

两人聊着聊着,点的菜陆陆续续上齐了。开始吃饭之前,高长月在桌子底下悄悄拍了拍孟明朗的大腿，他瞬间反应过来，把之前她准备好的酒拿上桌，给孟家两兄弟递过去，说："这是长月给你们带的酒，你们尝一下。"

"哟，"孟楠洛伸手接过那个小罐子，"怎么我俩还有礼物呢？"

高长月不好意思地笑了笑："这是我妈妈自己泡的梅子酒，我不会喝酒，也尝不出什么味道，你们喝喝看，喜欢的话下次我再多拿一些过来。"

孟楠洛给自己哥哥先倒上一盅，夸道："你这个小丫头，挺机灵啊，这还没进门呢，就知道我们哥俩儿爱喝梅子酒。"

这个玩笑一开，桌上的人都开怀大笑，高长月微微有些脸红。这个事情其实是孟明朗告诉她的，当时她问他家里人都喜欢什么，当听到梅子酒的时候，她心里一稳。因为特别巧的是，高满不光喜欢喝梅子酒，还能自己泡，每年梅子成熟的季节，家里都要泡好大一坛子，能喝到第二年梅子上市。

孟肖浅尝一口之后，眼睛一亮："不错，好喝。"

随后孟楠洛也尝了一口，不过他的表情让人有些看不透，他皱眉像是在沉思什么，随后嘀咕着说："这酒的味道……"

其他人也顾不上跟他交流什么味道，江岚直接开口就把话题岔到了之前高长月帮孟明朗打的那场比赛上。

整个饭桌上的氛围很好，高长月一开始的紧张局促完全被消除了。他们一家人很随和，说话也很和气，特别是江岚，她总能提到高长月能聊得上的话题，这样一来，高长月之前担心的尴尬场面就完全不存在了。

　　这顿饭，大概是高长月二十年的人生里，吃过最热闹也最开心的一顿饭。因为在此之前，饭桌上只有她和高满，高满吃饭还很快，吃完就走开，大多时候都是她一个人边追剧边吃饭，小呆偶尔来的时候，才能陪她边聊边吃。

　　那天之后，孟明朗重回训练场，又开始了紧张的训练。高长月的寒假剩下十多天，因为奶奶还没有完全康复，小呆似乎一直情绪都不太高，高长月没事就去她家陪她玩一会儿，有时还会想办法逗她开心。

　　日子就这样在闲逛中一天天过去，孟明朗比赛的前一天，江岚约高长月去家里吃饭，说孟肖出差去了外地，她一个人在家吃饭不习惯。

　　高长月隐约觉得她有话要对自己说，就去了。江岚做了几道西式的菜，还煎了牛排，因为知道高长月不喝酒，特意把红酒换成了饮料。

　　似乎早就做好了倾听的心理准备，所以当江岚把一个问句当成话匣子开关的时候，她并不意外。

　　江岚问："月月，我们明朗，你了解他多少？"

　　高长月想起这些事情，心情就会莫名低落，不过她尽量让自己的声音听起来不那么沉闷，她平静道："该知道的，差不多都知道了。"

　　"我就说。"江岚喝一口饮料，"有一次老孟回来跟我说，他在弟弟家撞见明朗跟一个小姑娘在一起,当着姑娘的面,明朗在介绍他的时候,说的竟然是'孟叔'。当时我就知道,你对明朗来说不一般,因为平时如果有外人在场,他都不会叫我和老孟,实在避不开要喊的时候,他都叫我们爸爸妈妈,所以老孟一跟我说,我就猜你肯定知道了。"

高长月想想,好像确实是这样介绍的。她回:"其实那天我只是巧合下知道他是被领养的孩子,更多的是在帮他打完那场比赛之后,我自己瞎想的一些,还有就是年前我因为工作去到冬乌镇,见到了孙姨,就知道得更多了。"

江岚点点头:"我知道,孙姐那边打过电话回来,听说明朗有喜欢的女孩子。我太好奇,这孩子这么多年,从来没有把感情在长辈面前摊开过,我一听孙姐都见过你了,就着急,所以才借着他小叔出国的事情,想见见你,你可不要怪我们心急啊。"

"我怎么可能怪你们呢?"高长月突然喉咙一哽,"江阿姨,我还有个问题想问问您,孟明朗的外公外婆为什么不要他呢?我知道他连想吃外婆做的饭都只能站在门口吃完就走,我真的替他感到难过,可是又不知道这中间发生了什么,还有关于那个教练的事情,他不愿意跟我说……"

除夕夜她开口试探过,最后不了了之,答案是有了,可透露答案的人却再不愿意开口。

江岚从一旁抽了两张纸巾递给她,叹着气说:"明朗的亲生母亲叫陈怡……"

　　余思久、陈怡和江岚,他们都出生在冬乌镇,那时候镇子小,小学和中学都只有一所学校,三人直到上高中,才因分班而分开。

　　小时候的余思久非常调皮,不光自己不爱学习,还喜欢招惹陈怡。陈怡呢,胆子又小,柔柔弱弱的,白天在学校里有江岚护着,余思久还能稍微收敛一点,可余家和陈家是隔壁,余思久简直占据了天时地利,放学之后,江岚不在,陈怡就只能被使唤得团团转。

　　那时候只要吃过晚饭,附近的孩子们就像蚂蚁出巢一样,聚在村里专门供附近农户打谷子的场地上玩耍。从谷场到村里唯一的小卖部,来回要二十分钟,陈怡几乎每隔五分钟就要被余思久使唤一趟,买拔糖、汽水、冰棍、奶糖……

　　夏天的时候,有骑着自行车到村里叫卖的小贩,可余思久偏不买这种,就要使唤陈怡来回跑上二十分钟去小卖部买来一模一样的,他才高兴。否则只要他不高兴了,整个场子上的小朋友都不得安生。

　　因为那块占地很广的谷场是他家开的,当时整个冬乌镇只要是种谷子的人家,每年都要来租用场地。余家在那个年代,勉强能过上吃穿不愁的生活,所以只要余思久一不高兴,就会拿着长杆子到处追赶来玩耍的小朋友,简直就是恶名昭著的小魔王。

　　而陈怡从小被余思久使唤到大,江岚作为她从小玩到大的好闺密,一直在为她打抱不平,也因为江岚从小就是三好学生,余思久不太敢惹,所以三人的关系在不知不觉中就像是老鹰捉小鸡的游戏。只要江岚这个"鸡妈妈"不在,"鸡宝宝"陈怡就要被"老鹰"余思久摧残,而这只"老鹰"的所有行径,在江岚看来,恶劣到了极致。

所以江岚从来都没有想明白过,陈怡为什么会喜欢上那个捣蛋王。

可这世上,哪有什么毫无来由的喜欢,江岚只看到余思久使唤陈怡,却没看到使唤陈怡买来的所有零食,他只吃一口,汽水只喝一口,拔糖、奶糖和冰棍都只舔一口,就嚷嚷着不要了。

那时候的人家,小孩儿能吃上零食都是天大的幸福,更别提是陈家。陈家因为只生了一个女儿,在那个重男轻女的年代成了村民们闲暇时的谈资。陈怡的父亲是典型的大男子主义者,在积年累月的嘲笑下,更是不待见这个女儿。人们都说女儿是父亲的小棉袄,陈怡却成了父亲眼中的毒瘤,成了让他丢脸无数的污点。

想从家里得到买零食的钱,比登天还难,不过因为余思久,陈怡几乎吃遍了那时候流行的零食,他"不要的",全都进了她的肚子。

上高中之后,三人分班,余思久不知道用了什么方法,开学仅一个月,就被调到陈怡的班级,两人不但同班,还成了同桌。

那个年代,女孩们上高中后都有零花钱,她们每个月可以买当时新潮的卫生棉,陈怡却没有,她只能拿布条凑合用。那时候学校小卖部的小豆冰棍是两毛钱一根,一毛五分钱的山海关汽水已经被三毛五分钱的北冰洋取代。

余思久每次让陈怡跑腿买零食,都会多给她两毛钱,二十多天下来,她能存下两块八毛钱。当时小卖部的卫生棉是一块三毛钱一包,她每个月用两包,花去两块六毛钱,剩下的两毛钱,她可以买

遇他时春风和煦

热糖水喝。

  这些都是从小到大，陈怡悄悄藏在心里的小秘密，他们之间的感情，就是在无数两毛钱的基础上建立起来的。

  长大之后的余思久虽然不再像小时候那样调皮捣蛋，不过他依然没有成为爱学习的好学生，因为他迷上了一项运动，冰球。

  那时候，在大城市都很少有一块像样的冰场，更别提在乡下，所以陈怡从上高中开始不光被使唤，还多了一项工作。

  冬天的冬乌镇，大雪可以连续下半个月，在很少有人走动的山间平地里，一整个冬天下来，积累的雪有将近一米深。放寒假的时候，余思久每天都会叫上陈怡，两人经过小半个月的努力，他们把山里那片原本被白雪覆盖的地方，踏平成一块符合国际标准长六十一米、宽三十米的伪冰球场。

  后来因为买不到冰鞋和冰杆，陈怡还陪余思久一起把他的一双老军鞋用木板和铁片改装成冰鞋，最后还偷了他爷爷的拐棍用来制作成球杆，那次余思久被家里人从村头追着打到了村尾。

  在余家追问鞋和拐棍下落的时候，陈怡把它们埋在自家后墙下，为余思久保住了他的冰鞋和球杆。

  陈怡见过余思久穿着蹩脚的冰鞋在雪地里摔得人仰马翻的样子，也见过他就算摔断腿也能一个打挺爬起来的样子。在那项速度快到极点的运动里，她窥见了一个少年在拥有梦想后的兴奋，所以她认真地说自己理解他，她将他看得通透，她懂他的热爱，懂他的感情。

所以在很久很久之后，当两人大学毕业，当他们互诉情意成为恋人之后，余思久终于等来机会，去到冰球运动盛行的国家，代表祖国打一场比赛。

他走之前告诉陈怡，等他回来就上陈家提亲，不管双方父母有什么意见，他这辈子娶定她了。

她信他，也念他，整整一年，在那个大多时候还需要以书信相通的年代，他们就像失联了一样。

陈怡在余思久走了两个月后发现自己怀孕了，这样的情况在当时的年代，就算不被浸猪笼，家里也非把她生剥一层皮，她慌慌张张去滨城找到江岚。

那时候江岚已经在孟家的医院里做实习护士，妇产科的科长孟肖是她的男朋友。相比陈怡，她无疑是被幸运所眷顾的那一个。她当时强烈要求陈怡放弃这个孩子，就在他们医院流掉，所有的费用由她来承担，可陈怡死都不愿意，非要把孩子生下来，想着等余思久回来接他们母子回家。

大概是因为江岚强硬的态度让陈怡怕了，她害怕江岚会为了保护她而伤害这个孩子，所以后来她挺着八个月大的肚子偷偷跑回冬乌镇，在镇上租了民房独自生活。她每天都在等待孩子降临，等着等着，她从电视上看到余思久在国外举办的冬奥会上为祖国一举拿下冰球项目首枚金牌，他成了为国争光的大英雄，成了举国关注的奥运冠军。

陈怡欣喜若狂，喜极而泣，她好想马上就能见到他，可她连他

在哪儿都不知道。她当时想,只要自己好好把孩子生下来,他总是要回来的,等他回来,他们一家人就能团聚了。可偏偏命运开起了玩笑,当她因为大出血入院,从医生嘴里得知生产危险时,第一个想到的人是江岚。

映着暖黄灯光的餐厅里,高长月拿纸巾都堵不住眼泪。江岚坐在她对面,手里握着高脚杯,眼眶微红地叙述:"生的那天晚上,她给我打电话,说她要保孩子。当时滨城到冬乌镇的路还没有修通,我连夜赶回去都没能见上她一面,她在电话里说这个孩子无论如何不能让余家知道,凭当时余思久在国内的关注度,这个孩子可以瞬间把他拉下神坛……"

江岚哽咽了,缓了好一会儿,才继续道:"我非常愧疚,愧疚我没有阻止她要这个孩子。她刚怀孕,听到我建议她流产后,她突然戒备心很强,我给的东西她吃得小心翼翼,生怕我做出什么对孩子不好的事情。后来我查到她胎盘前置,我就想在她生产时偷偷把孩子拿掉,保住她的命,可她偷偷跑了,谁都找不到她。我和她从小玩到大,我会忍心害她吗?可她偏偏这么不珍惜自己的命,最后孩子生下来,她父亲知道后差点儿气瘫在床上。你大概不了解当时一个丑闻可以轻易击垮一个家庭的那种影响力,她父亲宁愿死都不认她的孩子,我去她家里好说歹说,她妈妈才同意偷偷去医院把她带回去,可孩子却怎么都不肯抱走。出于那一份愧疚之心,我顶着压力说服老孟把孩子领养过来。大概是老天怜悯这一家子,明朗很优秀。"

"那后来呢?"高长月鼻子都哭到堵塞,她带着鼻音问,"余思久回国之后,没有问过她去哪儿了吗?"

江岚缓缓情绪,回道:"怎么可能不问,当时陈家给的回答就是两个字,死了。余思久不信,跑来问我,我也是用这两个字搪塞他。可他依旧不信,隔两个月就来问一次,每次我都这么跟他说,后来渐渐地,半年来问一次,最后一年来问一次,大概在五六年之后,他没有再来过了。"

"孟明朗呢?他是什么时候知道这些事的?"

"上初中之后,他能明事理了,我找机会跟他坦白了。其实从把他接到滨城开始,周围邻居就会议论,这种事情他早晚都会知道,与其让他从别人嘴里听些乱七八糟的,我更愿意亲口告诉他。从那之后,他就改口叫我们叔叔阿姨,不过在外人面前,还是叫爸爸妈妈。"

高长月刚刚平复一会儿的心情,一下子又沉了下去。她眼角滚出一滴眼泪,说:"他跟我说过,他想在冰场上追逐、战胜他的父亲,他竟然一点儿都不恨那个没有给过自己一天温暖的人……

"明朗就是这样,不管是余思久,还是当初狠心丢下他的外婆,还有至今都不愿意让他进家门的外公,他从来没有恨过。当初他高考选专业,也是为了老孟家的医院,义无反顾选了医学院。这也怪我那个不成器的儿子,就知道靠着哥哥胡作非为,非要吵着学什么动漫设计,虽然当时老孟跟明朗说过,不用考虑他们孟家,让他专

心去打冰球,他却说自己两个都能学,让我们不要担心。最终他也做到了,不光把冰球打进了国家队,专业在他们系里也是佼佼者。他真的很优秀,是他的优秀把我对好友的愧疚一点点消除的。"

"阿姨,孟明朗他现在在哪里集训?"

"你想见他吗?"江岚问。

高长月狠狠点头:"我想,想现在就去见他。"

"走吧,我开车送你过去。"

还是城郊的那处冰球训练场地,金帅带着十几个队员在冰场上训练。大家各自练习各自的,孟明朗在中场练习远射,齐雷从场外滑进来,远远就开始喊:"明朗!你'大表妹'找你呢!"

孟明朗一回头,就看到界墙外站着的人。这个训练场的界墙没有设高防护栏,高度只到人腰部,他收起球杆滑行过去,滑得近了,竟然发现高长月在哭,眼睛都肿了。

"你怎么了,发生什么事了?"孟明朗急忙问。

高长月什么都不说,看他过来,张开手就要抱他。孟明朗隔着界墙揽住她的腰,把人一把抱进冰场,高长月紧紧搂着他,可因为他身上的冰球服太大,她一手围不过来,就双手勒着他的脖子,脚落地了还不想放开。

这情况着实让孟明朗一头雾水,他原本在好好地训练,她突然就出现了,还抱在他身上不下来。身边有几个队员一看,生怕长针眼,滑行着迅速远离现场。

孟明朗拍拍她的背，又问："你是怎么进来的？"

"从后门翻铁栏偷偷溜进来的。"高长月闷声说，"你别说话，让我缓一会儿。"

孟明朗就这样让她抱着，没再说话。

此时训练场上以二八线划分，十几个强壮青年挤在那个"二"的范围里，大家看似都在低头训练，余光却时不时就飘远了。

而孟明朗和高长月占据着"八"，两人抱了好一会儿，高长月才松开手，说："我走了，你好好训练……"

说着，她转身就想走，可孟明朗不答应了，他拦住她："你还没说你怎么了，不能走。"

他摘下手套，帮她擦擦眼泪，问："为什么哭了？"

高长月吸吸鼻涕，说："哭当然是因为伤心难过啊。"

"为什么伤心难过？"

"因为你。"

"为什么因为我？"

"不告诉你。"

孟明朗长叹一口气："你这样，我明天还怎么好好比赛？"

"我忘了你明天要比赛，"高长月赶紧把坏情绪收走，解释道，"我没事，就是突然犯矫情病了，你可不能被我影响，你说过你要赢那个谁的。你什么时候赢了他，我什么时候就嫁给你，帮你把求婚都省了。怎么样，这个够激励吧？"

孟明朗笑了，他拍拍她的头，笑回："够，够激励到两年后的世界冰雪大赛了。"

真是难为情,高长月微微脸红,没想到她这恋爱谈得,短短不到一个月,就走到谈婚论嫁的地步了,难为情,真是难为情。

第二天,高长月把奶奶托付给小兰姐姐照顾后,带着小呆匆匆赶来比赛场地。这个场馆要比之前她见过的任何一个场馆都大,界墙之上还加了高高的透明防护罩,她带小呆顺着门票上的座位号找过去,是第一排,视线最佳的两个观赛位置。

此时在运动员候场室里,余思久穿着和队服颜色相同的大红色冲锋衣,巡视一圈自己带出来的二十个队员,声音洪亮地说:"咱们训练了整整两个月,克服了无数次疲惫和孤独,今天就是你们交出成绩的日子,有没有信心?"

队员们统统喊道:"有信心!"

"好!检查一下你们的头盔、护具和鞋子,五分钟后出去候场。"

在观众席坐了好一会儿,高长月看到孟明朗第一个走出候场室,虽然隔得有点儿远,不过她还是冲那边挥了挥手里的助威棒。

孟明朗似乎知道她的座位在哪里,特意扫了一眼,正好看到她挥着助威棒的样子,不自觉地笑了起来。

离大屏幕上报备的比赛开始时间还剩不到五分钟,观众席陆陆续续都坐满了人。小呆以前喜欢在电视里看冰球比赛,还没看过这么大型的比赛现场,高长月以为好友会很兴奋,可她紧张之余,却发现身边的人情绪并不高。

"小呆,你不舒服吗?"高长月问。

"没有,"小呆摇摇头,"我就是有点儿口渴,我去买瓶水。"

高长月看她一眼:"去吧,快点回来啊,比赛马上开始了。"

"好。"小呆边回应边弓着身子跑出去。

等她拿着两瓶矿泉水回来时,大屏幕上的开赛倒计时刚好跳为零,解说员的声音在几秒后环绕全场。高长月帮小呆把椅子拉开,再把手里的助威棒递一根给她。

两人一齐看向场内。

解说:"各位现场的观众朋友,您现在观看的是滨城体委联合全市冰球俱乐部共同举办的春季冰球联赛,开场由体委双龙队对战奥诺百威队,目前场上双方队员的配合都相当默契……"

高长月有轻微近视,不太能看清场上人和球之间的变动,好在大屏幕上有场地投影,她从里面看到仅仅开场不到两分钟,就有好几次双方队员的抢球碰撞,人被撞倒后还能因为惯性沿着冰面滑出去一段距离,可见这碰撞的力量有多大。

一场正规的冰球比赛,是体能与速度的较量,赛场上的情况瞬息万变,只要比赛没到最后一秒钟,随时都有翻盘的可能。因为场上的每一个人,他们的目标都是将那颗小球击进对方球门,所以每个上场队员都在拼尽全力。

解说:"双龙队中锋金帅在后场控球……"

高长月看着大屏幕,她看见金帅从对方杆下抢过球,可惜没带出后场就被对方反抢。屏幕画面一转,球被对方带往球门,在射门前被守在球门前的李鸣山截断,球往边墙高速滑行,正好被附近的孟明朗截住。大屏幕上投放出那道敏捷的身影,高长月立马集中注意力,紧紧盯着。

解说:"双龙队八十三号孟明朗,接球很稳,可惜球的位置不太好,对方还有三个人迅速上前防守……"

大屏幕上,有三个对方的球员先后朝孟明朗围堵过去,就在那几秒钟的时间里,对方一个队员在抢球时摔倒,手臂扫过孟明朗的脚,好在他快速滑过,没受到影响。可下一秒,又一个对方队员上前拦截,这次对方依然没抢到球,不过两人的身体碰撞之后,对方先倒地,绊住了孟明朗的脚,两人失去平衡,一同摔在冰面上,身体随着惯性往前抛出去。

高长月从大屏幕里看到孟明朗摔倒后狠狠砸在边墙上,球被防守在他身前的对方队员迅速抢走。不过半秒,孟明朗十分灵活地爬起来,再次加入到抢球队伍当中。

高长月以前也看过不少冰球比赛,看到精彩的画面,会觉得振奋人心,甚至还能代入感情,觉得一瞬间热血澎湃,可今天看孟明朗比赛,她一颗心却紧紧揪在一起。

因为比赛实在太激烈,说不定什么时候他就会和场上队员撞在一起,只要碰撞,必然有一个会摔跤,这时候比的就是体能和扎实的功底。相较于那些健壮的运动员,孟明朗看起来要瘦许多,所以只要发生碰撞,他摔倒的可能性就比较大。虽然摔倒后他可以很迅速地站起来,可高长月在场下看着就觉得心疼,摔得太狠了。

解说:"这边是奥诺百威队在右路的横传,双龙队两位队员正在进行反抢……"

解说:"双龙队赵建带球,看看这球能不能争取到单刀……"

解说:"可惜,对方守门员做出扑救,双方队员在后场进行激烈的抢球……"

球被传到中场,金帅接球远射。

解说:"中场远射,来自双龙队金帅,可惜球没进。门前的双龙队队员进行补射,对方防守漏洞,球进了!进球来自六十九号苏岑。"

比赛进行到四分二十秒,双龙队拿到首发进球,暂时领先。

之后的比赛中,对方两次追平比分,都被双龙队再次压下去了。最终三局比赛打下来,双龙队以六比四的比分战胜奥诺百威队,成为本次联赛的守擂主。

剩下的队伍两两分组,最终评出三组优胜队伍来打擂,分别和双龙队进行比赛,打输的直接淘汰,赢的可以坐上擂主之位,接受下一支优胜队伍的挑战。

杨浩所在的雪狼队在仅剩最后一个优胜名额时胜出,得到打擂机会。

中午,比赛休息,高长月和小呆在附近随便吃了点东西,等孟明朗他们的队伍再次上场。

遇他时春风和煦

下午的比赛没有早上那场擂主之争激烈,和前两支队伍打下来,双龙队发挥还算稳定,都以九比五的比分稳坐擂主之位。最后一场和雪狼队的比拼,由于前期队员体力消耗过多,第一局两分钟打下来,竟然让对方反超一分,略处劣势。

不过在后面两局比赛中,双龙队还是以八比六的比分,拿下了本次市联赛的冠军。

解说:"比赛结束,双龙队不负众望,勇夺连冠……"

解说员的声音回荡在整个场馆内,伴着周围观众的欢呼声。高长月终于松了一口气,她看见孟明朗在下场时冲自己挥挥手,然后做了一个"等我"的口型。

大概十多分钟后,孟明朗从候场室绕到观众席,他额头的碎发被汗水粘在一起,见到高长月的第一句话就是:"我们赢了。"

"我看到了,"高长月开心地看着他,"你们好厉害,不过我建议你应该吃胖一点儿,不然老是被撞倒。"

孟明朗笑道:"好,今晚我们队有庆功宴,教练特准带家属,队长和齐雷都说想认识认识你。"

"他们不是早就见过我了吗?"

"他们想认识的,是作为孟明朗女朋友的你……"

……

孟明朗似乎并没有注意到一旁的小呆,可高长月听完这句话的瞬间就转头去看好友,发现她正好也在盯着自己,顿时耳根一红。

高长月拒绝道:"你们队内的庆功宴,我去干吗?你赶紧跟队友一起走吧,多吃点,我不去了。"

不等孟明朗说话,小呆率先开口:"长月,你去吧,我自己回去,没事的。"

孟明朗这时才注意到小呆,于是一起邀请:"你也一起去吧,我们队里暂时不缺经费,多一两个朋友,没关系的。"

"不了,奶奶还在家里等着我。"小呆碰碰高长月的手腕,展颜一笑,"你就去吧,小兰姐姐也不能帮我照顾奶奶到晚上,我是没时间去的,你跟他去吧,吃完饭记得早点回家。"

说完,小呆转身就走。高长月想想还是觉得不妥,正想迈腿去追,手就被人牵住了。

孟明朗拦着她不让走,语气颇有些正经撒娇的嫌疑:"就一顿饭,陪陪我。"

果然,撒娇致命这种东西,不分男女。高长月最终陪他去了。

在庆功宴上,齐雷打趣孟明朗,把"表妹"那个梗揪了出来。虽然大家都知道当时两人纯属瞎扯,可这拨调侃还是让高长月的脸从开始红到了结束。

将近两个月的寒假就这样结束了,高长月和孟明朗的开学日期前后错开一天,医学院先一天报到,艺术学院第二天开学,孟明朗直接从学校过来,只为了能把她从校门口送到寝室楼下。

高长月笑他:"你是苦情男主角呀,是不是还得看着我上楼?"

"当然不是,"孟明朗否认,随后说道,"我就在楼下等你收

遇他时春风和煦

拾好寝室,一起去吃晚饭。"

"你今晚没课吗?"

"有,吃完饭再回去,来得及。"

高长月点点头表示了解,随后边走上楼梯边回:"那你等我十分钟,我马上下来啊。"

之后很长一段时间,孟明朗因为结束了集训,只有周末需要归队训练,周一到周五都在校上课,虽然课表比其他专业排得满一些,不过时间嘛,挤一挤还是有的。高长月经常为了节省往来两所学校中间的时间,在孟明朗下课之前就提早去他们学校等着。

等他下课后,两人会牵着手逛逛校园,做着大多数校园情侣之间都会做的事情。

有一次两人逛累了,坐在枫树林里的长椅上休息,开春后的天气,气温开始回暖,被一整个冬天摧残过的枫树只剩下寥寥几片枯黄的叶子,树杈干瘪着交叉在空中,高长月靠在椅背上看着看着,觉得眼睛累,就闭眼休息了一会儿。

阳光暖洋洋地洒在她头发上,孟明朗突然凑到她头顶闻了闻。感觉到有人在靠近自己,高长月吓得立马睁开眼,结果看到身边的人离自己极近,她连忙把头往后一仰:"你干什么呀?"

孟明朗缓缓坐回去,说:"闻一闻,太阳的味道。"

"太阳有什么味道?"

高长月伸手摸了摸头顶,把手心凑到鼻尖闻闻,一股洗发水的香味,还好她早上洗头了。

孟明朗笑了笑:"温暖的味道。"

"你这是狗鼻子吧?"高长月拍拍他的头,"不,太阳是物体,温暖是形容感知的,你都能闻出味道来,比狗狗厉害。"

说完,她自己倒先笑了。

孟明朗跟着笑出声,没有反驳什么,他把那只手从头顶拿下来握住,软软的,他捏了好一会儿,才从包里拿出一个小巧的银镯子,趁高长月不注意,从指尖轻轻套在她手腕上。

高长月感觉到一股银饰的凉意,低头一看:"这是什么?"

"我妈妈留下的,听江姨说,是我父亲送的,我从小就把它带在身边,现在送给你,当定情信物怎么样?"

高长月摸摸那个银镯子,触感光滑,颜色有浓烈的岁月侵蚀感,她没搭话,而是把头靠过去,轻声道:"你不在的时候,我和江姨两个人吃过一顿饭。"

"聊了些什么?"孟明朗把肩膀放低,让她靠得舒服一些。

"我们俩大哭了一场,然后我就去找你了。"

"就是那天?"

"嗯,江姨还告诉我一些旧事,她叫我去吃饭的目的就是想让我劝劝你。"

孟明朗有些疑惑:"劝我什么?"

"和你父亲相认吧。"高长月抬起头,一双亮晶晶的眼睛看着他,"既然你这么努力想站在他身边,就把所有的事情都告诉他。江姨

说只要你愿意,她就会出面帮你。"

空气凝固了,孟明朗直视着前方,目光淡然,不知道在想些什么。

见他不说话,高长月又连忙补充:"当年的事情已经过去了二十多年,况且余叔叔也已经退出大众视线很多年了。就算还有少部分媒体在关注他,可那也掀不起什么大风波,你已经因为顾虑吃了很多苦,不是吗?"

"小枝,你见过吧?"孟明朗突然问起。

想起那个眼睛圆溜溜,机灵又聪慧的小姑娘,高长月似乎突然间明白了什么,她喃喃回道:"我见过……"

"我知道自己身世的那天,是小枝满周岁的日子,网上铺天盖地报道他们一家如何如何幸福美满,要说我不难过,那是骗人的,可难过能有什么用?就算撇开媒体这条顾虑,在当时的情况下,我的出现就足够毁灭一个家庭。"孟明朗转头和她对视,"小枝她需要一份完整的父爱,而我生来就已经是不完整的了,这之间的关系没有办法进行对等交换,他的家庭和我的渴望,我一直在努力,是让这两者能够达到平衡。"

高长月听着听着,眼眶又红了。孟明朗长叹一口气,反倒来安慰她:"我现在觉得自己很好,爱的人都在身边,甚至我还得到了很多很多人的照顾,我并不难过,真的。"

"那你不恨他们吗?"

"各有各的难处,我有什么好恨的?"

听到这个回答,高长月撇着嘴不说话了。孟明朗用胳膊戳戳她,哄了好一会儿,她佯装生气道:"你以为自己是男版'白莲花圣母'啊,为别人想那么多,怎么不为你自己想想?"

"我想了,这不是把你拉到身边来了嘛,看你都哭多少次了。"

冬残春近,头顶碧空万里,高长月在今天把眼前这个人理解得更透彻了。

接受是一件比反抗更需要勇气的事情,可孟明朗他做到了,接受生命中的一切不公,并坦然接受所有的糟糕透顶与成败得失。

这个周末,孟明朗归队训练,小呆和奶奶打算把巷口的摊子重新摆起来,高长月留在小摊上帮忙,锅碗盆需要重新刷洗一遍,桌子和板凳也都需要擦一遍。

奶奶在一旁做些简单的活儿,看两个小丫头刷碗刷得累,说:"歇会儿,不急,今天一天时间多着呢,咱们啊,明天才开张。"

"奶奶,我们马上就洗完了。"高长月耸耸肩,把落到胸前的头发甩回去,"洗完过来帮您剥葱,我们可以一边剥,一边休息,两不耽搁,我聪明吧?"

高长月邀功似的,奶奶眯着眼笑回:"聪明得很,从小就数你机灵,瞧我们小呆,话少人也傻,将来不知道哪家的小伙愿意要这个小闷瓜……"

"奶奶……"小呆佯装生气。

一聊到这个话题,高长月就不敢往下接话,要是接上了,下一步奶奶又该催婚了,听说她们那辈的女孩子,二十岁都是两个孩子的妈了。

遇他时春风和煦

她打了一个寒噤，表面上大笑两声当作回应，之后就喊小呆帮自己放一下碗，成功地把话题聊到了别的地方。

锅碗盆洗好，两人把桌子板凳擦过一遍，顺带把那辆小推车也里外抹了个干净。做完这些，已经是下午四点钟，想起高满交代的炖腊排骨那事，高长月脱下围裙准备回家，小呆这时候注意到她手腕上的镯子，问：“你什么时候也爱往手上戴东西了？”

高长月从来不戴这些小东西，包括耳朵上的、脖子上的都没戴过，所以小呆才好奇。

高长月反应了几秒，才知道好友问的是镯子，她抬手晃了两下，说：“这是他送的，我自己哪有兴趣搞这个呀。”

那个"他"，小呆一听就知道是谁，她脸色有让人难以察觉的轻微变化："这样啊，那是该戴着。"

高长月有些不好意思地看了她一眼，随后把围裙放在桌上说："我先回家了啊。我妈让我回去把肉洗干净，等她回来炖上，炖好了我再给你们送来啊。"

说着，她转身就要走。小呆又把她叫住，犹犹豫豫道："长月，这段时间……如果你听到些什么不好的话，你……你都别往心里去……"

"能有什么不好的话？"高长月没多在意，"你别想太多，我走了啊，你们差不多弄完也赶紧回家吧。"

那天下午，高长月并没把那句提醒听进去，她一路晃着手腕上的银镯子，哼着不知名的小调走回家，像极了一个吃了糖的孩子，神采飞扬。

滨城艺术学院每年都会在校内举办很多场汇报表演，高长月所在的班级在今年的第一场表演中，总共需要出三个节目。她被分到了双人钢琴演奏组，足足有三个星期的时间，她都在跟同学一起练习，和孟明朗见面的次数屈指可数。

直到第三个星期的周五晚上，和高长月一起练习曲子的同学有事提前走了，孟明朗才有机会溜进琴房见她一面。

想着他差不多该到了，高长月怕琴声盖过敲门声，所以停下来看会儿琴谱。两三分钟后，她听到门外由远及近的脚步声，下意识就觉得是孟明朗来了，于是起身打算去开门。可当她走到门后时，脚步声却戛然而止，她从猫眼看看门口，没人，随后轻轻打开门，探出脑袋四处看看，只有一个包被孤零零放在不远的墙角处，她试探着轻喊一声："孟明朗……"

走道里空荡荡的，她又仔细看了一眼那个包，就是孟明朗平时背的那个，她提高音量又喊一声："孟明朗……"

还是没人回应，这一整层楼都是钢琴练习室，这个点大家都关着门在练习，所以走道里就只有高长月的声音在回荡。她锁着眉头把门再打开一些，走出去把地上的包拿起来，拍拍灰，返身走回琴房。

刚一进去，就被突然出现在琴房里的人吓了一大跳，惊呼："你……你什么时候进来的？"

孟明朗看她被吓到了，忍俊不禁道："把包放在地上引你出去，

遇他时春风和煦

我躲在另一边,偷偷进来的。"

"你幼不幼稚!"高长月把包往凳子上一放,气道,"我还想你去哪儿了,为什么把包放地上,人却不在,你就这样吓我?"

看她好像挺生气,孟明朗连忙道歉:"我错了,你别生气,我好不容易见你一面……"

"知道好不容易,还吓人?"高长月打断他,"我可以不生气,下次我也要吓吓你,到时候你可别怪我啊。"

"你吓不到我的。"

"那可不一定……"

孟明朗决定换个话题,于是问:"你什么时候可以走?我带你出去吃东西。"

"应该……"高长月走到钢琴前拿起上面的乐谱,"一小时后吧,我把曲谱再理一遍,你在旁边坐着等会儿。"

高长月像是报复一样,整整一小时没搭理过孟明朗,于是孟明朗在小小的琴房里发呆、看手机,无数次重复这两件事,终于看到她合上了琴谱。

"好了?"孟明朗两步跨到她身后问。

高长月起身,回道:"好了。"

两人面对面站着,看他等得焦急的样子,高长月总算心里有些平衡了。可没等她露出得意的表情,孟明朗突然凑近,手从她腰间的位置伸到后面,啪的一声把琴盖合上:"在走之前,我想提一个要求。"

"什……什么要求?"高长月头往后仰,半个身子抵在琴架上。

"我觉得你对我的称呼,好像可以改一改,哪有女生叫自己男朋友全名的?"

"啊?"高长月腰酸,偏偏身前的人越靠越近,她心跳也加快了几分,"那……那我要叫你什么?明朗?朗朗怎么样?弹钢琴超厉害那个朗朗。"

孟明朗否决:"不行。"

"那你说,叫什么?"

"我也想不到……"

"不如……"高长月试探开口,"你先让我站直,我们先去吃东西,称呼这个事情,慢慢再想,可以吗?"

孟明朗这时候才注意到她的姿势,不过他并没有把距离拉开,反而双手在她腰间一托,把人稳稳放在琴架上。

高长月心里一惊,看着身前的人越凑越近的脸,她把眼睛使劲闭上,心里慌得不像样。她想,该来的总会来的,谈恋爱接个吻没什么吧?

别紧张,以后多亲亲,亲多了,自然而然就习惯了……

高长月正胡思乱想,突然感觉脸上喷来一股小小的气流,还听到一声轻笑。她睁开眼睛,面前的人薄薄一层单眼皮下,那双眼睛竟然满含笑意地看着自己。

这是什么情况,我眼都闭上了,你笑笑就算了?

高长月和那双眼睛对视几秒,心一横,快速倾身在孟明朗嘴

遇他时春风和煦

边啄了一下,随后她双手搭着他的肩膀,以超快的速度跳下来,跑到门边站着,挺直腰板问:"那什么,我们夜宵是吃粉还是点串啊?"

孟明朗眼里的笑意更浓了,他看着门边那个脸红到耳根的人,抬起食指碰了碰被亲过的嘴角,边走边说:"两个都要。"

大概很少有女生会在第一次和男朋友接吻时主动,高长月在很久很久之后也没想明白,自己当时怎么就冲动了?那双眼睛再好看,你再喜欢他,也不能先下手呀,可能怎么办呢?亲都亲了,想不明白也只能认了。

第二天周六,高长月回家早,走到小呆奶奶摊子上时,才早上八点半。她坐在小摊上蹭了一碗馄饨,走之前,小呆又把她叫住,说的还是那句话:"要是你听到有些不好听的话,听听就算了,你也知道,这巷子里爱说闲话的人多……"

"小呆,你最近怎么了?"高长月打断她,"这些年我听过多少风言风语,你应该最清楚不过,我什么时候较真过了?"

小呆第一次提醒的时候,高长月大概能猜到点什么,无非就是高满那些坊间的流言蜚语,这么多年过去,她早就已经免疫了。

那时候,她以为不过是哪家女人又看不惯自家老公总往茶室跑,偏偏高满不光脸蛋长得好,气质方面也保持得好好的,女人气不过,一时嫉妒才到处诋毁别人的名声。

直到那一天,小呆趁她休息,兴冲冲地要带她去附近新开不到两个月的下午茶餐厅吃东西，小呆前脚刚进门，立马又退了出来："长月，我们……我们去别的地方吃吧，我突然不想吃这家了。"

说着，她就要拉高长月走。因为她脸上的表情有些古怪，导致高长月好奇她进去看到了什么，才突然慌慌张张退出来。

高长月偏不走了，她推开门跨进去，巡视一圈后，在角落发现一对相拥的中年男女。两人抱了一会儿之后分开，随后那个男人坐回座位上，从包里掏出一张银行卡递给对面的女人，两人不知道又说了些什么，女人低下头，似乎是在哭。

那个中年男人是孟明朗的养父孟肖，而那个中年女人是高长月的养母高满。

高长月瞬间感觉五雷轰顶，她慢慢退出那家店，目光呆滞地看着小呆，木讷道："这就是你一直提醒我的，那些风言风语的源头？"

"我不知道……"小呆也语无伦次，"我不知道那些流言中说的男人，是孟明朗的爸爸……"

高长月曾经在书上看过一句话，说"最美好的事情，不过是你喜欢的人刚好也喜欢你"，她以为是上天终于想起来要眷顾自己，让她遇到了孟明朗，可直到刚刚那一秒，她才明白，命运何曾放过任何人，哪有什么幸福是得来容易的。

和高满爆发争吵，是在一周之后。高长月在这一周时间里就像一只被围困的野兽，找不到发泄的出口，更没有办法理性思考。孟

遇他时春风和煦

明朗被她用比赛忙搪塞过去,她不知道该怎么办,紧紧压抑着内心的焦虑。

偏偏这时候,高满从会安市找来一个老朋友,听说是那座国内一线城市知名演艺院校的形体老师,两人张罗着要给高长月转系。

"先试试转系,如果转不过去,我再给你想别的办法。"

"要是校内转系转不了,能不能有办法直接转去你们学校?"

"转校这个东西不现实,不过实在没办法,可以申请异校深造,表演这块儿灵活性很强,到时候可以弄成保留学籍,但人可以到我们学校去学习……"

高满这时看见高长月开门回来,招手让她过去:"过来给你范姨瞧瞧,她看人一向准,只要她说你没问题,就肯定能帮你把转系这事给弄好。"

"我说过我要转系了吗?"高长月满脸倦容,"你要自作主张到什么时候?"

高满的脸瞬间冷下来:"我自作主张?高考之前是谁答应得好好的,说愿意学表演……"

"是我愿意学吗?难道不是你逼的吗?我当时如果不点头答应,你是不是随时能把我扔在大街上,不管不顾?"高长月用近乎喊的语调反问。

这个范姨看来和高满关系不错,不像上次来的那个女人,她看这母女俩三两句就吵了起来,急忙开口缓和:"孩子,别着急啊,你妈怎么说也是为你好,咱先缓一下心情,等平静下来之后,慢慢说。"

她说完，又转向高满，劝道："小满啊，你别上火，孩子还小，有话好好说，她要不愿意学，那不转系也行，现在乐器类也很吃香……"

"范茜，我为什么这样你还不清楚吗？"高满打断，"她转表演这件事，我没办法妥协，必须转！"

高长月觉得自己大脑快要爆炸了，她不管不顾地嚷道："我不转！不转系也不学表演，当明星这种春秋大梦，你自己做去吧，别再逼我了！我宁愿退学也不转系，你认不认我这个女儿，我如今也无所谓了，你爱怎么样就怎么样，反正我也不是你生的，你根本就不关心我的死活！"

听完这一通后，高满脸色煞白，欲言又止。

范茜上前来拉高长月的胳膊，想让她少说两句，可根本拦不住，高长月压抑在心里的东西似乎都被那天看到的画面点燃了，她突然把声音压低下来，说："还有，以后要偷情麻烦你走远一点儿，别让周围邻居都看到你讨男人开心的媚态。另外，拿了别人的那些脏钱，也别用在我身上，我受不起。还有，你最近搭上的那个相好，他叫孟肖，他有很温柔的妻子，还有两个儿子，其中一个叫孟明朗，是我的男朋友。我现在就去跟他分手，成全你有违伦理的这段情史……"

说完，高长月擦一把眼泪，决然地摔门而出。

遇他时春风和煦

那句"我们分手吧",对于孟明朗来说来得毫无征兆。

孟明朗定在原地,满脸疑惑地看着她,问:"为什么?"

"没有为什么,"高长月忍着哭腔,"就是分手。"

"看着我的眼睛,到底为什么?"

他的声音逐渐急促,双手紧紧捏着高长月的肩膀,一遍遍问为什么。高长月红着眼眶,哽咽道:"我就是,突然不喜欢你了。"

"你现在这样,是不喜欢的样子吗?"孟明朗盯着她问。

见高长月不回话,他平复了下心情说:"别逗我了,好吗?上次吓你是我不对,我以后再也不做这种事情了。以后我让你吓回来,被你吓无数次也不生气,好吗?"

高长月摇摇头:"是真的,我们分手吧,就现在。"

这段从一开始就让她以为是上天恩赐的感情,竟是以这样的方式来结束,黄粱一梦也不过如此。

高长月失魂落魄地回到清风巷,等在巷口的小呆远远看见她,哭着跑过来,喊道:"你为什么不接电话?你妈妈晕倒,住院了!"

是被她给活活气晕的。

高长月脸上毫无表情,也说不出一句话,因为她感觉自己也要倒了,撑不住了。

高满一入院就被送进重症监护室,高长月想不通,为什么仅仅是晕倒就要进那个需要二十四小时监控全身的地方。她一夜没睡,直到第二天所有检查报告出来,医生说出那句"心衰末期"时,她才感觉天塌了。

"医……医生,您是不是弄错了?"高长月想反复确认,"我妈妈她平时很健康,连感冒都很少。"

医生打断她:"小姑娘,检查是昨天晚上才做的,错不了。因为病人情况特殊,早上护士特意催过,结果才能这么快出来。我调了一下你妈妈在我们医院的就诊记录,她在两年前就来检查过,当时结果为'心衰中期',不知道她为什么要拖到现在才入院。如今这个情况很棘手,建议你们转院治疗,滨城最好的胸外科是万英医院,可以过去试试。"

两年前?那不就是她要高考的那段时间吗?

范茜守在病床前,高满还在昏睡,见高长月推门进来,她拉着高长月出去,虽然知道这孩子已经抵达承受上限,可她怕再不说就没机会了。

"孩子,你妈妈这病是先天遗传,你不用愧疚,可昨天你说的那些话,我一个外人听来都觉得刺耳难受,更别提是小满了。我和她快三十年的交情,她什么为人我还是清楚的,至于你说的那个孟肖,小满一直叫作大哥……"

通过范茜,高长月知道,和高满有过恋情的人是孟楠洛,并非孟肖。两人大学时就是一对校园情侣,当年学习表演的高满在毕业后进入娱乐圈打拼,而出身医学世家的孟楠洛成为万英医院最年轻的主刀医师。两人感情变故是因为高满的父亲突发疾病,心衰还没达到中期,手术由孟楠洛主刀,可高满的父亲却在手术后患上并发症,意外死亡。当年高家的长辈因为这件事天天去医院闹,最终闹到法庭上,高家起诉的主刀医师过失致病人死亡一事经调查后并不成立,败诉。

夹在恋人与家人之间的高满左右为难,最后两人的感情成为这场医闹中的牺牲品。离开孟楠洛后,高满和家里人几乎断绝联系,也终身未嫁,领养了高长月,而孟楠洛则放下手术刀远走国外。

高满之所以找到孟肖,是想通过他得到范茜的联系方式。当年她负气离开之后,和所有人都断了联系,而近一段时间,她知道自己病症开始加重,就急于联络好友,四处奔走,想让高长月尽快转系。这中间需要花费大量的钱财,孟肖那天给的银行卡,就是她开口借的钱。

通过范茜,高长月知道,高满当年因为颇有灵气,也热爱演艺事业,一毕业就被选为话剧《白茶棠棣》的女主角。她为了演好这部话剧花费了无数心血和精力,最终却因为那场医闹,被迫离开剧组,也因此无缘演艺圈。

所以为什么孤身一人的高满会从几百个孩子里一眼看中她,将她抚养长大?

高长月直到这一刻才知道,原来自己身上背负着的,是高满整个人生的梦。

偷情、讨男人开心、脏钱、有违伦理……

这些词像蚂蚁一样啃噬着高长月的大脑,她不堪重负,重重倒在病房门口。一直在旁边听着的小呆边哭边把她扶起来，嘴里一遍遍地念着："对不起……对不起长月，都是我的错……"

这两天高满断断续续清醒过几次，高长月要帮她转到万英医院，她端着最后一点儿尊严，说什么都不肯去孟家的医院。

入院的第三天，高满一整天只清醒了不到一小时，她戴着氧气罩，一点点交代高长月："我们家的银行卡密码是你手机号的后六位，茶室的租期还剩三个月，住的房子马上要到期了。如果你范阿姨那边一时办不好你的事，就关了茶室，去里面凑合住着……"

高满看起来呼吸十分困难，说话很缓慢，说两句就要停一会儿："还有……我的重大疾病保险，保单在我床头的柜子里，等我走了之后……你把保险报了，柜子里还有一些借条，上面有联系方式，拿到钱先把欠别人的还上，我……我算了算，剩下的足够你花到毕业……"

"不，"高长月没办法再听下去，"你不会有事的，我去求医生，求他们救救你……"

高满用力捏捏她的手："听话，妈妈知道你不想学表演，可人啊，活着……总要有个盼头，我撑到今天……再也盼不了了。你跟着范姨去会安，要实在不想学，就选个自己喜欢的专业，去做你喜欢的事……"

高长月一直在摇头，眼泪鼻涕一直流："不会有事，不会有事的，妈……你等我，我马上回来。"

她去找了孟明朗，边哭边哽咽道："我……我求你，给你小叔打电话,让他回国……回国一趟,让他来看看我妈妈,我妈妈就要撑不住了……"

孟明朗这两天都会去她家门外等着,可始终没见到人,到现在他才知道,原来她妈妈出事了,可为什么要让小叔来看?

"你先别哭,好吗?"孟明朗把人往身前拉近一些,"我小叔……"

高长月打断:"你快打电话,赶最快一趟飞机,你告诉他,我妈妈叫高满,他知道的……"

这中间到底发生了些什么事,孟明朗是在孟楠洛回来之后才了解清楚的。那天他打去电话,孟楠洛当天晚上就回国了。

高满一晚上都昏昏沉沉不清醒,直到翌日,她睁开眼看到的第一个人,就是孟楠洛。

仅对视一眼,她就把眼睛闭上,侧过头。

"别躲,"孟楠洛声音很沙哑,"再躲,以后没机会看了。"

罩在氧气罩下的呼吸慢慢变得沉重,病床上的人始终不愿意睁开眼睛,孟楠洛握住那只毫无血色的手,说道:"小满,你睁开眼睛看看我,你不能这么残忍……"

静默良久,高满才撑开疲惫的眼皮,虚弱地问:"谁让你来的?"

"这不是你现在应该关心的问题,为什么不早点治疗?"孟楠洛问。

"我怕……"

她太怕了，怕和父亲一样，躺进那间十几平方米的手术室，就再也醒不过来了。

当年她以为父亲只是做一场手术，十天半个月后就能下地跑的，所以当手术失败的消息传来的时候，如同惊天巨雷，她怎么都没想明白，生命为什么能脆弱到这个地步。

是她固执地把原本在市三医院的父亲转到万英医院，她把心里最后的希望寄托在男友的身上，可那份寄托最终却成了噩耗。

当时的高满能控制自己，不让自己失去理智，她也能理解并发症和手术本身无关，只和病人体质有关，可最终压垮她的，是她的亲人们长达一个月拉横幅在医院闹事，而闹事的对象正是她的恋人。当她的妈妈、大伯、舅舅拉扯着孟楠洛大哭大闹，像一群疯子一样毫无人性可言时，她觉得同时被拉扯的还有自己的神经，一点点绷紧，一点点撕裂……

高满再次紧紧闭上眼睛，阻断脑海里所有的可怕画面。孟楠洛心疼得不行，他摸摸她的额头，试图安抚，于是转开话题："你要傻到什么时候？逃也逃了，躲也躲了，为什么不找个人陪着你，照顾你？"

"不会没人陪的，"高满微睁开眼，视线投向窗外，"我年轻的时候就想过，如果能活到老，养老院里有那么多帅老头，不愁没人陪。"

孟楠洛哭笑不得："帅老头也有伴儿，你这么漂亮，院里的老奶奶们都得防着你……"

"现在她们不用防了。"高满打断。

正是日落时分,窗外的阳光一片昏黄,她呆呆地看着窗外,仅冒出一个尖的东山,不等孟楠洛再搭话,她喃喃道:"东山顶的日落是真的美……我一个人爬上去过一次,下来之后脚疼了三天……"

传说东山顶有一个诅咒,只要爬上去的情侣,下山后必分手,高满那时候不信,非要拖着孟楠洛去爬山,孟楠洛说什么都不去,大概是因为太珍惜,所以就算是荒诞的传说,他也不愿意去冒险。

最后他们没去成,可最终也分开了。

孟楠洛跟随她的目光看过去,声音沙哑却也平静:"等你好了,我带你再去一次,我们慢慢爬,累了就歇歇,不怕天黑前下不来,带顶帐篷,拎上一盏灯啊……"

两人像多年未见的老友一般,絮絮叨叨地散天,就这样待了一整天,直至晚上十点整,生命监测仪响起警报声,医生赶来,高满病逝。

高长月无法站立,孟明朗在一旁紧紧搂着她,小呆在病房门口站着没进去,眼睛哭到红肿。

孟楠洛一直把头埋在病床上,很久很久,他才抬头说一句:"小满说,家里还有一整坛梅子酒,都是我的了……"

说完,他就笑了,可那笑声里夹杂了太多东西,让人听着更加难受。

半个月后,范茜因为工作提前回了会安,高满的身后事由高长月一一处理。葬礼那天,孟家全家人都来了,小呆和奶奶也陪着一起把高满送入那个长眠的小方格里。

相较于孟楠洛的憔悴颓废,高长月反而平静许多,短短一个月时间里,她从恋爱的蜜罐跌进误会的牢笼,随后失去唯一的家人,她哭也哭了,喊也喊了,最终无能为力,只能接受现实。

能打起精神是因为她还有没有完成的事情。

高长月办理了休学,她等着范茜帮自己申请异校深造,她从前活的二十年中,从来没有像现在一样坚定地想选择走上那条高满没能走成功的路。

从今往后,她要背着妈妈的梦想负重前行。

出发去会安的前一天,小呆来找她,向她坦白了一些事情。

"长月,对不起……"她几乎不敢直视高长月的眼睛,"高阿姨和孟叔叔的事情,其实并没有在四邻间传起流言,我第一次发现他们两人见面,之后就向你传递了两次错误的信息。最后还……还引着你去两人见面的场所……我错了,长月,我不知道后面会发生这么多事情,我只想……"

"只想让我和孟明朗分开,对吗?"高长月插话。

小呆掩面而泣,说话有些颠倒:"不,不是的……长月,他那么好,你应该喜欢他,你喜欢他是应该的;你也很好,他喜欢你也是应该的。"

高长月面无表情地问:"那你呢?"

"我,我不好……"

"小呆,我不认为两个好朋友之间需要用好与不好来谈论,如果非要谈,我们一起上学的时候,你几乎次次上年级前十的榜单,而我高长月六年来,近乎次次徘徊在百名上下,你忘了那些你借我作业抄,临考前熬更守夜帮我补课的日子了吗?优秀的人,不该是你吗?"

回应这两个问句的,是小呆回荡在空旷茶室里的哭声。

良久,久到夜幕已经降临,高长月木讷地问:"你喜欢他,对吗?"

小呆身子微微一颤,可依旧没有给出任何回应。高长月等了一会儿,才长叹一口气:"好了,你不用说,我知道了。"

小呆耸着肩膀,哭得更加大声。高长月拍拍她的背,继续说:"在我高长月的世界里,你没有哪里不好,你很好,好到我这辈子,只交你这么一个朋友。我想你是知道的,你对我来说,很重要,可是……"

说到这个转折点,高长月脸色稍稍动容,她稳了稳情绪,才接上:"小呆,我们再也回不到从前了,我能够理解你因为喜欢而做出某些傻事,可是,你千不该万不该,不该算计长辈们。她是我妈妈,她和孟叔叔之间一个家人般的拥抱,因为你的两次刻意提醒让我顺理成章地往那个方向去思考。最后如果不是因为我气她,她不会这么早离开……"

高长月之前一直伪装的坚强终于在说到这里时坍塌,她哽咽着没再往下说。

小呆崩溃了,她哭道:"这不是你的错,长月……要怪就怪我,怪我心机深,怪我……"

这一天对高长月来说,似乎比送高满出殡那天还沉重,因为从这以后,她失去了唯一的朋友,未来的日子,她只能单枪匹马面对这个世界。

五月,滨城的气候彻底回暖,冬天飞走的那些海鸥,再次跨越山海,飞行将近六千公里回到这个城市。它们是飞回来取暖,而高长月却是卷上所有行囊离开这个城市"避寒"。

孟明朗在她进站前赶来,他知道自己留不住她,所以只是默默帮她把行李提到进站口。在她检票进去之前,他用试探性的语调询问:"我们……真的不能在一起了吗?"

见高长月想摇头,他立马补充道:"我可以的,可以异地,没关系,见不到你也没关系,你要去多久我都等你,只是……我想我们能在一起,可以吗?"

"你知道我这一次走,是去做什么吗?"高长月反问。

孟明朗转过头,轻声答道:"我知道。"

"那就好。"

说完,高长月转身进站,等孟明朗再回过头,只看见那道被乌黑长发铺满的背影,和当年他第一次遇见她的时候一样,都带着点

遇他时春风和煦

儿悲伤,让人只看一眼就挪不开视线。

她这次离开是去做什么呢?

是背上高满的梦想负重前行,那是二十多年前一个姑娘丢失在浮华世间的梦,它比高长月自己的梦想要重上许多倍,她要背着它,所以再也没有多余的力气来担起孟明朗的感情。这些他都知道,可他就是忍不住问了。

可惜的是,结果并非意料之外。

两年后。

滨城举办世界冰雪大赛,参赛的冰雪运动项目高达数十个,光冰球这一类,从初赛到入围总决赛,就花去了近半个月时间,因为比赛项目较多,需要排队征用场地。

而孟明朗所在的队伍因为两年前在市联赛中拿下冠军而获得绿卡,直接入围决赛圈。此次赛事引起了多方关注,特别是在滨城这个全民热爱冰雪的城市,从开赛以来,赛事消息一直霸占着新闻头条。

等了大半个月,孟明朗他们队才迎来第一场比赛,他们的对手是来自俄罗斯的战队,其实力不言而喻。上场时,齐雷看到冰球场周围贴着的海报,惊讶道:"咦,那不是……"

金帅悄悄抬起冰杆敲了一下他的脑袋:"别说话,好好比赛。"

这场景像极了他们很久之前打过的一场室外冰球赛,齐雷一看见漂亮姑娘就挪不开眼,金帅冷着脸把他拖回正道。

孟明朗跟在后面笑了,他想起那一头从他视线里一闪而过的乌黑长发，此时再看看场内张贴的那些海报，上面的形象代言人也有一头乌黑长发，只不过长度仅仅过肩。

　　比赛正式开始，孟明朗在带球时分心瞟了一眼海报，球便被对方队员抢截。他心里一阵气，趁重新发球的空当，他多看了几眼，随后在场上专心打球，奋力拼搏，最终双龙队以十二比九的比分战胜俄罗斯队。

　　孟明朗拿到了本场比赛的 MVP。

　　之后他们队伍休息了两天，期间是其他队伍在打比赛。两天后，他们的第二次比赛被排上日程，对手是国内其他省市的队伍，稳赢。

　　就这样又过了半个月，他们打了大大小小六场比赛，以赢五场的优异成绩挺进了最终的冰球总决赛，对手是加拿大战队。

　　只要打赢这支队伍，他们就是本次世界冰雪大赛冰球竞赛的单项冠军。大家都使出十二分的力，特别是孟明朗，跟打了鸡血一样，只要他一上场，就连解说的声音都是激动的，因为他不断猛攻，但在猛攻中又和队友默契配合，几次打得对方措手不及。

　　最终比赛结束，双龙队以八比七的比分险赢加拿大战队，一举拿下本次世界冰雪大赛的冰球单项冠军，孟明朗再次拿到本场比赛的 MVP。

　　媒体称他为"勇气与力量并存的超能冰球小将"。

　　解说："再次恭喜我们的双龙队拿下本次大赛的冰球单项冠军，那么冰球类目的比赛在今天就正式结束了，感谢运动员特供饮品'花

鸣'对本次赛事的特别赞助,接下来由我们'花鸣'的代言人高小姐上场,为场上运动员分发饮品补充体力,感谢各位观众观看本次比赛,我是解说员……"

特供饮品由六位礼仪小姐分别端上场,走在最前面的代言人,穿着非常能代表中国风格的大红色旗袍缓步上场。六位礼仪小姐负责端,她负责发,她胸前还佩戴着白色的锦缎,上面印着几个大字:为中国队呐喊助威。

饮品一个一个发,有些慢,发到齐雷的时候,他嘿嘿一笑,想说什么,却被双手递给自己饮品的人瞪了一眼,话都给憋回去了。

此时虽然场内观众都在退场,可其实还有电视画面的转播,饮品发到孟明朗的时候,他一手脱下头盔夹在身体与手肘之间,一手举着MVP的奖杯,把来发饮品的那位"高小姐"一把揽过,拿奖杯的那只手搭在她的肩头,强行扳过她的身体,让两人并排而站,随后孟明朗对着场内最近的那个摄像头咧嘴一笑。

被揽住的人似乎碍于面子,表情没有任何变化,反而还十分配合地跟着一起笑。

只是让人万万没想到的一幕发生了,孟明朗帅气地甩甩额头汗湿的头发,低头转身,一口亲在了身边那位美丽小姐的侧额头上。

这个画面被场内的摄像头抓拍到,不过五分钟,网上炸开了锅。

拿下冰球单项冠军外加个人MVP奖的年度最帅小将竟然名草有主?

底下一堆跟评。

孟明朗的小师妹：啊啊啊啊啊啊！哥哥竟然在外面偷偷有了"狗子"！

喜大宝849：虽然小姐姐也很美，不过我依然酸了……

没头脑的小臭：这个"花鸣"的广告打得一绝，为运动员小哥哥们打无敌连环call！

戒奶茶一生：万万没想到，"花鸣"一出，竟然促成了一段运动员与代言小姐姐的美好姻缘，我已哭晕在厕所！这样甜甜的恋爱，我从来没有过……

我爱喝奶茶呀：楼上的小姐妹，能让你甜甜的只有奶茶，别戒它！运动员小哥哥们从来不属于我们，不过你可以拥有奶茶一杯嘻嘻……

一卖奶茶的：插楼啦插楼啦，插楼打个广告，滨城西岸太和街中段，"鹿喜"奶茶店开业大吉，进店报运动员小哥哥们的名字，打五折哟。

……

场馆的休息室区域，其中一间门窗紧闭，从走道的尽头急匆匆跑过来一个脚踩八厘米高跟鞋的女人，她啪一下把那间关严实的休息室门打开，进去之后，径直朝沙发上正闭目养神的人走去，边走边说："月月，出大事了！"

"什么大事？"高长月软绵绵问一句。

那女人一屁股把沙发上的人挤开一些，着急道："你刚刚被亲

遇他时春风和煦

的那张照片在网上被疯传,这热度简直比你在全国巡演完《白茶棠棣》还高!"

"这不挺好的嘛。"

"好什么呀!"女人抱怨,"虽然现在喜欢看话剧的人越来越少了,咱们的观众也一年比一年少,可这都不是大事,问题是什么?现在年轻人关注的点真是奇怪,你演了这么多场话剧,没人关注,你被选为'花鸣'代言人也没多少人关注,这一张照片,反倒让你火到八百里外,不,八千里外了。"

高长月依然闭着眼睛,从喉咙里轻轻嗯一声算是当作回应。

就这样安静了几秒,经纪人起身在屋里走了两步,没再说话。

等响起一阵窸窸窣窣的脚步声之后,高长月听到一道很轻的开门声和关门声,以为是经纪人觉得无趣,自己出去了,她便没太在意。

直到她慢慢感觉到,好像有一道火热的目光一直绕在自己身上,她才心里一惊,刚想睁开眼,嘴角却突然被两片柔软的东西给包裹住。她猛睁开眼,对视上薄薄眼皮下那双深透的瞳孔。

孟明朗穿着下场后换上的一身休闲服,两只手撑在沙发两端,俯身在她面前。

这真是太吓人了,突然就被人亲了。高长月想推开他,可仅仅手指动了动就停止了后面的动作,实在是因为太想念眼前这个人了,无数次想得睡不着觉,却见不到摸不到,此时此刻好不容易见到了,亲就亲吧,反正是他主动的。

高长月重新闭上眼睛,回应起那个亲吻。

十五分钟之后,高长月坐回化妆椅上,正抬手在脸上补妆,孟明朗坐在沙发上痴痴看着那个背影,两人之间从那个莫名其妙的激吻之后就没再说过话。

就这样又保持了三分钟后,孟明朗率先开口了,他说:"你演的那个话剧,我每场都看了,演得很好,特别是眼睛,里面有光。"

高长月嘴角一弯,随后回道:"都一模一样的表演,看那么多场干吗?"

"想看,也想你……"

高长月转开话题:"我为了能当上这个代言人,吃了无数的苦,不仅展示了我那点蹩脚的冰球技术,还被扔到冰洞里整整一周,又冻又饿,还要自己找吃的……"

孟明朗笑了笑:"我看过那档网络综艺,你撑到了最后,我当时还偷偷在下面给你留言加油,你看到没有?"

"哪有心情看?"高长月边涂口红边说,"能活着就不错了。"

滨城为了选出这个代言人,真的是煞费苦心。他们特地选了五十个女演员,打着"我们的代言人必须能扛得住冰雪"的口号,把她们扔在冰洞里,然后不定时埋些食物在雪下,让她们去挖。这档综艺关注的人不多,大部分都是运动员在看,当时齐雷瞭了一眼,直呼变态,说女孩子柔柔弱弱的,怎么可能扛得住,节目组这是在摧残众仙女呢。

孟明朗也没想到她能扛下来,还是唯一一个扛到最后的。

遇他时春风和煦

他走过去,又忍不住在她头顶亲了亲,说:"我记得以前有个人说过,只要我战胜了我父亲,她就答应嫁给我,不知道现在还作不作数?"

高长月心尖一颤:"那你战胜他了吗?"

"去年就战胜了,只是那时候你躲得太远。"

"嗯……"高长月沉吟了一会儿,结果不等她再说话,门外有人在敲门。

经纪人的声音从门外传来:"月月,快点啊,记者来太多了,一会儿出不去了!"

于是高长月起身就跑。

三天后,孟明朗不知道从哪里得到消息,跑到高长月拍摄"花鸣"广告宣传片的摄影棚里,把刚刚收工的她"请"上了车。

高长月上车都不摘墨镜,她隔着镜片瞥了开车的人一眼:"你要带我去哪儿?"

"带你回家。"

"求婚我还没答应呢,"高长月不乐意,"怎么你家就成为我家了?"

孟明朗轻笑一声,没再回话。

直到抵达目的地,高长月才知道原来不是去他家。她挪开墨镜一看,离两人十米远的商铺是一家餐饮店,仔细看,店名叫"满月下午茶"。

再往前走，立在店门口的大黑板上写着一段话：在春天来临之际开始等一个人，在她回来的那个"总有一天"里，求婚吧。

高长月突然感觉眼眶湿湿的。她的确是在春风和煦的日子里重新回来，重新遇见那个对她来说弥足珍贵的人。

她把墨镜戴正，走进店里，才发现这里竟然是两年前高满和孟肖在一起时，刚好被她撞见的那家下午茶餐厅，里面的装潢基本没有变过，只是店里的点心品类添了许多，此时店里并没有客人。

孟明朗走上前来牵住她的手，说："这里是你痛苦开始的地方，你离开没多久，我就把它买过来了。我希望你的痛苦从这里开始，也能在这里结束，这家店就当作我给你的求婚戒指，嫁给我，你愿意吗？"

满月下午茶，高满和长月，连店名都是她和妈妈的名字。这两年她埋头学习表演，最终得到机会，把高满当初没能演上的话剧《白茶棠棣》全国巡演了一遍，同一部作品，同一个角色。

这部话剧是那个圈子里最具代表性的作品，可二十多年来反反复复演过无数遍，主角换过一个又一个之后，观众已经不多了，不过就算场下只有零星几个观众，她也在很用心地表演。演完之后，她似乎明白了妈妈为什么对这个东西如此执着，她们都曾用短短的时间走过了这个角色的一生，高低起伏的人生路程和那些几经波折的感情，和她们自己多么相像，所以才会有那么多的前辈们讲到"戏如人生"这四个字时满是感慨。

说起愧疚，高长月其实已经差不多消除了，所以她才愿意回来，

遇他时春风和煦

她才没有在被他偷亲的时候推开他。

心里想的是愿意,可高长月还是嘴贫,反倒问:"那这戒指可太贵了,你哪儿来的钱,还能买下商铺?"

孟明朗把她扳过来和自己面对面,然后双手捧着那张脸,答道:"每年打这么多场比赛,存的奖金足够了。嫁给我,你愿意吗?"

"你这奖金也太多了吧。"

"是有点儿多。嫁给我,你愿意吗?"

"可是我看店里没人,平时生意不好吧。"

"让你失望了,下午人山人海,只不过晚饭时间,没人喝下午茶。嫁给我,你愿意吗?"

"人多也不一定能有利润……"

孟明朗每句回答后面都要加上一个问句,高长月却假装不听,一直在瞎扯。扯到后面,捧脸的人手酸了,于是直接把她的嘴堵住,亲一口问一句:"嫁给我,你愿意吗?"

高长月无论是不说话,还是摇头都要被亲,最后她只好"投降",连忙张口说:"行行行,别再亲了,不就是嫁给你嘛,好几百天之前就答应你的,我是那种食言的人吗?"

孟明朗在她说完之后,又亲了一下,才放开她:"那天我问你,你不就跑了吗?"

高长月莫名的心虚,她是有跑的嫌疑,不过她当时只是想:好歹是求婚,总得慎重点吧。事实证明,拖到今天,她的人生财富里就多了一家店,而这家店呢,正好又十分合她的心意,可是其实不管她拖不拖，店都会是她的，所以她不过就是想稍微矜持那么一点点而已。

高长月从小就没什么志气，最大的愿望就是拥有一家小店，不用多能挣钱，够生活就好，然后一步一个脚印地组建自己的家庭，在这世上拥有一个完全属于自己的家。

这就足够了。

想着想着思绪跑偏，见她呆愣着不说话，孟明朗又把话题带回原点，问："我已经准备好娶你了，你现在想好回答我，愿意还是不愿意？"

气氛似乎已经到了说"我愿意"这三个字的时候，高长月却对上他的眼睛，突然很认真地说："我不愿意……"

就在眼前人情绪低落的前一秒，她又弯着眼睛补充道："结婚前，我想……再和你谈一场轰轰烈烈的恋爱，可以吗？"

他们在那么好的年纪里相遇，却因为牵扯进上一辈的许多纠葛困苦中，谈的恋爱短暂又遗憾，所以她的这个渴望非常强烈。

孟明朗听到这句话，眼里是她的一张小脸，仅仅对视一眼，他就已经能明白她心里在想什么，于是他眼睛牢牢锁着她，答道："好，你想谈多久我都陪你。"

两个月后，高长月和经纪人把合约解除，正式退出娱乐圈，本身也不算大红大紫，退出的消息只激起一点点浪花，很快就平复了。

再后来，高长月听清风巷的老人们聊起小呆和奶奶，说小呆一

年前带着奶奶去了北京。老人家一辈子没走出过滨城,去天安门拍了照,见了毛主席,老泪纵横,大概是终于完成了一辈子的心愿,从北京回来后就走了,她最终也没能等到孙女结婚育子的那一天。

小呆带着奶奶的骨灰回到家乡安葬,之后就在老家租了间门面,继承奶奶包馄饨的手艺,开了个小店。

高长月有时候会想,如果现在让她原谅小呆,她能原谅吗?

她想了很久,没有答案,不过她希望小呆好,听到小呆很好的消息,她内心才会安稳。

最终的最终,曾经孟明朗的愿望,如今也成了高长月的愿望。

——所有人都不计过往,择世界一角,安稳生活。

—正文完—

　　高长月最终得偿所愿,谈过一场轰轰烈烈的恋爱之后,她不光得到当初已经作为戒指送给自己的小店,还在恋爱两周年的纪念日当天迎来了一场温馨的求婚。

　　求婚当天,金帅、齐雷、白晶和冰球队其他成员都来到现场,小小的包房内挤满了人,当一枚崭新的钻戒被套上高长月的无名指时,她看着单膝跪在身前的人,满意地点点头。

　　嗯,不错,这次总算不是拿什么东西来抵,而是捧来一枚真正的戒指,有长进了。

　　婚后不到半年,高长月某天在店里清算账目,闻到后厨飘来一阵阵浓郁的奶香味,突然觉得胃里上下翻腾,干呕了两声。

　　这状态一直持续到中午,被后厨眼尖的大姐看见,连忙拖着她去医院,一系列检查做下来,没错,她怀孕了。

　　拿着孕检报告,高长月感觉紧张,心都提到了嗓子眼。大姐坐在一旁安抚道:"没多大事儿,你们小夫妻啊,第一次为人父母,难免会紧张些,没事啊,放轻松……"

孟明朗今天被叫去体委大楼了，高长月抖着手给他打电话，没人接，于是她让大姐把自己送到楼下，一分钟都不愿意耽搁，她想快点见到他。

在楼下等了十几分钟，高长月又拨了个电话出去，这次铃声刚响两声，她就看见从大门口走出来的人，手正往包里拿手机准备接电话。她一看见他，就把电话给挂了，然后冲那边招招手。

本来因为激动想跳两下，但想到肚子里的小生命，她立马又不敢动了。孟明朗拿出手机发现电话已经被挂了，大概看到未接来电提示，于是抬头往周围看一圈，正好看到她冲这边招手的样子。

"你怎么跑来了？"他走过去问。

高长月乐呵呵地盯着他，手自然地牵起他的手，迫不及待地把那只手放在自己的肚子上，说："你有宝宝了。"

孟明朗隔着衣服用两根手指捏捏她的肚皮，笑道："我知道啊，你不早就是我的宝宝了吗？"

他们热恋之后，就学着那些年轻小情侣，互叫对方宝宝，可她现在说的不是这个。

"哎呀，不是这个……"高长月难为情到不知道怎么开口。

"那是什么？"

"是小宝宝，"高长月索性把包里的孕检报告递过去，"你要当父亲了……"

孟明朗脸上的表情简直可以用"精彩"来形容，从蒙到惊，由惊变喜。他的眼睛闪烁着，看看她的肚子脱口而出："什么？"

遇他时春风和煦

"什么'什么',你自己看。"

他接过那份报告,边看边反复确认:"这是真的吗?"

高长月眼睛带着笑意,他问一遍,她就点一次头。孟明朗最后看完报告,手抚摸她的小肚子,惊道:"这太神奇了,你能感觉到他吗?"

"我试一下,"高长月说着就闭上眼睛,几秒后睁开眼,"还太小了,感觉不到……"

孟明朗这才反应过来,自己作为一个医学院毕业的人,问出了一个多么傻气的问题。他忍不住抱着自己的老婆亲了一口,说:"我想把你抱起来,转一圈,可以吗?"

高长月红着脸把头埋在他的胸口,闷声说:"我想转两圈,不过你要轻轻地抱我……"

"好,我轻轻地……"

不知不觉,两人不光动作很轻,就连讲话的声音都像讲悄悄话一般,生怕吓到那个还未成形的小生命。

他们在原本很平淡很平淡的一天迎来了一个新生命,从此怀揣着喜悦与忐忑度过了艰难的十月怀胎。

又是一个两年后。

孟肖因为医院的事情,在今年春节期间需要出国一趟,他们的儿子也不回国,家里只剩下江姨一个人。高长月在年前趁孟明朗出去遛孩子的时候,悄悄给江姨打了个电话,于是除夕夜的前一天,两人带着孩子把孟明朗"挟持"回了冬乌镇。

其实这几年里,高长月偶尔都会陪着他回来,只是每次一到外婆家,就和当初一样,在门口看一眼就走,而另外一位老人,他们至今都没见过。

这次高长月和江姨商量的不仅仅是看一眼那么简单,她们决定留在这里过春节。可孟明朗似乎因为多年的习惯使然,又或者是始终和外公隔着一道巨大屏障,当外婆佝偻着背把那扇木门打开时,他却迟迟跨不出那一步。

孟明朗一手抱着孩子,一手扶着孩子的背,就定定地站在门口。高长月看了他一眼,随后朝江姨使个眼色,江姨率先跨进去了。

高长月自然地挽上他的胳膊,暗自用一股力把孟明朗带着往前走。走近两步,小院的风景尽收眼底。院里有一个用葡萄枝架起来的小凉亭,院墙两旁是松散的泥土,上面种着一些时令蔬菜;再往前走两步,能看到房前的石台上横放着一张老藤椅,上面躺着的老人胡子花白,手里捏着旧时的烟杆子,口中正吐着白雾。

几人一齐停在砚台下三两步的位置,等着后面关上门的外婆走上前,拍了拍老伴的肩头,藤椅上的老人才微微睁开眼睛,露出的瞳仁里透露出岁月的沧桑。

孟明朗见状,弯腰把孩子放到地上。他突然不知道该怎么开口,包括江姨和高长月,面对这个二十七年前死活不愿认自己外孙的人,他们一瞬间都不知道怎么开口。

孩子的名字是高长月取的,叫孟余,是个男孩。孟余被父亲放

遇他时春风和煦

下后,像是获得了自由般,刚刚学会走路不到三个月,就敢跌跌撞撞地往前走,甚至手脚并用,爬上了有两级石阶的石台。

藤椅上的老人看到有人进门,却一直无视,招呼都不愿意打,直到那个小人儿爬到他的面前,抓着他的宽裤脚慢慢站起来,他脸上才有了表情,看到这么一个粉嘟嘟的孩子,谁的心能不软?

外婆站在藤椅后,看着孩子一点儿也不怕生的样子,深陷的眼窝渐渐就湿润了。藤椅上的老人不动声色地用手指把烟杆上的烟灭掉,伸出一只手把摇摇晃晃的孩子扶稳。

高长月松了一口气,揪揪孟明朗,两人一番眼神沟通后,一起出去把带来的年货一件件搬回家里。

他们在外公外婆家一待就是七天,江姨因为要回医院上班,年后三天就走了。这七天里,孟余小朋友最喜欢去看圈养在院里的小鸡,小手指着那群小鸡崽咿咿呀呀。藤椅上的老人不知疲倦地牵着重外孙的小手,一遍又一遍地去看小鸡,时而躺回藤椅上小憩,孟余小朋友就跟着爬上去,趴在他身上一起睡。

孟明朗在屋里看到这一幕,心里的酸涩已经被幸福感填得满满当当。他趁外婆不注意,快速亲了高长月一口,然后小声说:"谢谢你。"

"谢什么?"高长月被亲蒙了。

"谢谢你为我做的一切,谢谢你把崭新的生命带到这个世界,谢谢你让我和外公之间的隔阂消失……"

"这么说,我也要谢你了,"高长月同样亲了他一口,"谢谢你,在这个世界上给了我一个家。"

他们都要感谢彼此给予对方的一切。

离开冬乌镇的前一天,孟明朗带着高长月和儿子一起爬上山,三人在陈怡的墓前遇见余思久和余小枝。

远远就看见余思久迎着冷风站在墓碑前,捂着口鼻狠狠咳了几声。余小枝虽然不知道父亲为什么带她来这里,不过懂事的她什么都没问,独自蹲在一旁玩耍。

还是她先看见坡下的三人,起身打招呼:"明朗哥哥!"

余小枝长高了不少,已经是个大姑娘。孟明朗笑着迎上去,走近后和转身过来的余思久对视一眼,余思久沙哑着声音率先开口问:"你带着孩子,怎么会来这里?"

孟明朗回头看了一眼高长月和儿子,淡淡地回一句:"春节难得有假,带家人出门散散心。"

关于为什么来这里,散心为什么会来冬乌镇,又为什么偏偏走到这里来散心,这一大堆的问题,余思久在得到这一句回答之后,便不知如何开口问了。

"怎么样?"他提起新话题,"提前申请了退役,去医院端起老本行,还适应吗?"

"挺好的,选了一个相对清闲的科室,想多花点儿时间陪家人。"

孟明朗在高长月生产后就从冰球队申请退役了,运动员的职业

遇他时春风和煦

生涯很短很短。把自己身体状态最巅峰的时期奉献在冰场上,他已经知足了,因为新家庭的组成,他也渐渐放下了心中的执念。

余思久饶有深意地看了他一眼,继续问道:"真的不想转战教练一行?我可以帮你引荐。"

"不了。"孟明朗摇摇头,"在冰场上,我得到的已经够多了,现在这样的状态,我很满意。"

不远处,余小枝正在逗孟余玩,孟余笑着露出几颗小乳牙跟跄地追着她满山跑,高长月跟在后面护着。

余小枝一边逗一边说:"叫姐姐,叫我一声姐姐,我给你棒棒糖吃……"

"不能叫姐姐,"高长月打断,"要叫小姑姑。来,余宝,叫姑……姑……"

听到妈妈一字一字教,孟余停下来,有模有样地学一句:"姑。"

只出口一个字就没了下文,逗得一旁的两人大笑不止。

余思久被那几句对话吸引了注意力,他转头过去,看见高长月出手护着孩子,手腕间不经意露出的那个银镯子,瞳仁有几秒的收紧,可很快又恢复了常态。

这世上没有什么秘密是可以永远瞒住的,只有一种情况可以把秘密永久瞒下去,那就是当事人彼此间的心照不宣。

你以为你不说,我就永远不知道,而我也装作一副你不说,我的确什么都不知道的样子,双方就在这样的假象里,达成一种共识,以此来成全所有人的安稳生活。

　　冬天还没结束,山间的冷风呼啸而过,两个凛然的身影并肩而立,余思久的心似乎随着那阵冷风慢慢缩紧,他握起拳头放在嘴边咳嗽两声,沉音说道:"听说这些年,你一个人过得挺辛苦,好歹我也做过你好几年的主教练,要是以后遇到什么困难,只管来找我。"

　　他似乎把"主教练"三个字咬得很重,孟明朗深深看了他一眼,随后移开视线,看向山间被冷风刮过,发出一阵声响的白桦树林,其中有一棵被孤零零栽种在一旁,看起来却比其他白桦长得更好。他眼神示意身边的人看过去,说:"您看,那棵树从小被孤立在一旁,没有同类陪伴,可它依然长得比同类更高更繁茂……"

　　说着,孟明朗收回视线,一双深邃的眼睛看向余思久,缓缓道:"我和它一样,一个人也过得很好,也可以很优秀,优秀到能与您站上同一赛场。"

　　所以,您不用觉得愧疚,父亲,现在的一切都刚刚好,我也很好。

—全文完—